Contents

くまクマ熊ベアー17

▶ユナ'S STATUS_

名前：ユナ
年齢：15歳
性別：女

▶クマのフード（譲渡不可）
フードにあるクマの目を通して、武器や道具の効果を見ることができる。
▶白クマの手袋（譲渡不可）
防御の手袋、使い手のレベルによって防御力アップ。
白クマの召喚獣くまきゅうを召喚できる。
▶黒クマの手袋（譲渡不可）
攻撃の手袋、使い手のレベルによって威力アップ。
黒クマの召喚獣くまゆるを召喚できる。
▶黒白クマの服（譲渡不可）
見た目着ぐるみ。リバーシブル機能あり。
表：黒クマの服
使い手のレベルによって物理、魔法の耐性がアップ。
耐熱、耐寒機能つき。
裏：白クマの服
着ていると体力、魔力が自動回復する。
回復量、回復速度は使い手のレベルによって変わる。
耐熱、耐寒機能つき。
▶黒クマの靴（譲渡不可）
▶白クマの靴（譲渡不可）
使い手のレベルによって速度アップ。
使い手のレベルによって長時間歩いても疲れない。耐熱、耐寒機能つき。
◀くまゆる（子熊化）
▼くまきゅう
▶クマの下着（譲渡不可）
どんなに使っても汚れない。
汗、匂いもつかない優れもの。
装備者の成長によって大きさも変動する。
▶クマの召喚獣
クマの手袋から召喚される召喚獣。
子熊化することができる。

スキル

▶異世界言語
異世界の言葉が日本語で聞こえる。

話すと異世界の言葉として相手に伝わる。

▶異世界文字
異世界の文字が読める。

書いた文字が異世界の文字になる。

▶クマの異次元ボックス
白クマの口は無限に広がる空間。どんなものも入れる（食べる）ことができる。

ただし、生きているものは入れる（食べる）ことはできない。

入れている間は時間が止まる。

異次元ボックスに入れたものは、いつでも取り出すことができる。

▶クマの観察眼
黒白クマの服のフードにあるクマの目を通して、武器や道具の効果を見ることができる。

フードを被らないと効果は発動しない。

▶クマの探知
クマの野性の力によって魔物や人を探知することができる。

▶クマの召喚獣
クマの手袋からクマが召喚される。

黒い手袋からは黒いクマが召喚される。

白い手袋からは白いクマが召喚される。

召喚獣の子熊化：召喚獣のクマを子熊化することができる。

▶クマの地図 ver.2.0
クマの目が見た場所を地図として作ることができる。

▶クマの転移門
門を設置することによってお互いの門を行き来できるようになる。

３つ以上の門を設置する場合は行き先をイメージすることによって転移先を決めることができる。

この門はクマの手を使わないと開けることはできない。

▶クマフォン
遠くにいる人と会話ができる。

作り出した後、術者が消すまで顕在化する。物理的に壊れることはない。

クマフォンを渡した相手をイメージするとつながる。

クマの鳴き声で着信を伝える。持ち主が魔力を流すことでオン・オフの切り替えとなり通話できる。

▶クマの水上歩行
水の上を移動することが可能になる。

召喚獣は水の上を移動することが可能になる。

▶クマの念話
離れている召喚獣に呼びかけることができる。

魔法

▶クマのライト
クマの手袋に集まった魔力によって、クマの形をした光を生み出す。

▶クマの身体強化
クマの装備に魔力を通すことで身体強化を行うことができる。

▶クマの火属性魔法
クマの手袋に集まった魔力により、火属性の魔法を使うことができる。

威力は魔力、イメージに比例する。

クマをイメージすると、さらに威力が上がる。

▶クマの水属性魔法
クマの手袋に集まった魔力により、水属性の魔法を使うことができる。

威力は魔力、イメージに比例する。

クマをイメージすると、さらに威力が上がる。

▶クマの風属性魔法
クマの手袋に集まった魔力により、風属性の魔法を使うことができる。

威力は魔力、イメージに比例する。

クマをイメージすると、さらに威力が上がる。

▶クマの地属性魔法
クマの手袋に集まった魔力により、地属性の魔法を使うことができる。

威力は魔力、イメージに比例する。

クマをイメージすると、さらに威力が上がる。

▶クマの電撃魔法
クマの手袋に集まった魔力により、電撃魔法を使えるようになる。

威力は魔力、イメージに比例する。

クマをイメージすると、さらに威力が上がる。

▶クマの治癒魔法
クマの優しい心によって治療ができる。

クリモニア

フィナ
ユナがこの世界で最初に出会った少女、10歳。母を助けてもらった縁で、ユナが倒した魔物の解体を請け負う。ユナになにかと連れまわされている。

シュリ
フィナの妹、7歳。母親のティルミナにくっついて「くまさんの憩いの店」なども手伝うとってもけなげな女の子。くまさん大好き。

ティルミナ
フィナとシュリの母。病気のところをユナに救われる。その後ゲンツと再婚。「くまさんの憩いの店」などのもろもろをユナから任されている。

ゲンツ
クリモニアの冒険者ギルドの魔物解体担当官。フィナを気にかけており、のちティルミナと結婚。

ノアール・フォシュローゼ
愛称はノア、10歳。フォシュローゼ家次女。「クマさん」をこよなく愛する元気な少女。

リズ
孤児院の先生。院長と一緒に子供たちをしっかりと育てている。

ボウ院長
孤児院の院長。優しく穏やかで、子供たちからも慕われている。

アンズ
ミリーラの町の宿屋の娘。ユナからその料理の腕を見込まれ勧誘を受ける。父の元を離れ、クリモニアで「くまさん食堂」を任されることに。

レム
蜂の木の管理者。かつて熊に命を救われており、その熊を助けたユナに感謝している。

モリン
元王都のパン屋さん。店のトラブルをユナに助けられ、その後「くまさんの憩いの店」を任される。

ゴルド
クリモニアの鍛冶屋主人。フィナの持つミスリルナイフを作った。

ネルト
ゴルドの妻。気が強く、ゴルドをすっかり尻に敷いている。

クリフ・フォシュローゼ
ノアの父。クリモニアの街の領主。ユナの突拍子もない行動に巻き込まれる苦労人。きさくな性格で、領民にも慕われている。

エルフの村

ムムルート
ルイミンとサーニャの祖父。エルフの村の長《おさ》を務めている。かつては冒険者として活躍していた。

サーニャ
王都の冒険者ギルドのギルドマスター。エルフの女性で、ユナは、冒険者とのトラブルなどでお世話になる。鷹のような召喚鳥・フォルグを使役する。

ルイミン
サーニャの妹。王都のクマハウスの前で行き倒れているところをユナに助けられた。礼儀正しいが、ドジッ子な一面も。

王都

エレローラ・フォシュローゼ
ノアとシアの母、35歳。普段は国王陛下の下で働いており、王都に住んでいる。なにかと顔が広く、ユナにいろいろと手を貸してくれる。

シア・フォシュローゼ
ノアの姉、15歳。ツインテールで少し勝気な女の子。王都の学園に通う。学園での成績は優秀だが、実力はまだまだ。

フローラ姫
エルファニカ王国の王女。ユナを「くまさん」と呼び慕っている。絵本やぬいぐるみをプレゼントされたりと、ユナからも気に入られている。

ティリア
エルファニカ王国の王女。フローラ姫の姉。王都の学園に通うシアの同級生。フローラ姫からユナのことを「くまさん」と教えられており、会うことを楽しみにしていた。

ガザル
王都鍛冶屋の主人。ユナはゴルドの紹介で訪れる。のちにユナのために戦闘用ミスリルナイフを作る。

マリクス
王都の学園に通うシアの友人。課外授業の際には一人囮になろうとしたりと、正義感が強い少年。

アンジュ
フローラ姫の世話係の女性。自身にもフローラ姫と同じ年頃の子供がいる。

ジェイドのパーティー

ジェイド
ゴーレム退治やデゼルトの街など、ユナとなにかと縁のある4人組冒険者パーティーの、頼れるリーダー。ユナの力を認めており、本人もかなりの実力者。

トウヤ
軽薄でお茶目な男性剣士。いじられ役で、パーティーのムードメーカー的存在。

メル
明るくいつも笑顔な魔法使いの女性。くまゆるとくまきゅうが大好きだがなかなか乗せてもらえない。

セニア
クールなナイフ使いの女性。いつもトウヤをからかっている。

ルドニークの街

リリカ
明るく元気なドワーフの女の子。ガザルとは幼なじみだが、それ以上の感情を抱いているようで…？

ロージナ
ガザルとゴルドの師匠。二人が独立したことをきっかけに、武器は作らないようになった。

クセロ
ジェイド御用達の鍛冶職人。ミスリルの剣を依頼してきたトウヤに試練を与える。

ウィオラ
ロージナの妻。大らかなしっかり者で、店を切り盛りしている。

タロトバ
ルドニークの鍛冶ギルドのギルドマスター。多くの鍛冶職人や冒険者を見守ってきた。

ラルーズの街

レトベール
ラルーズの街で絶大な影響力を持つ大商人。抜け目ない人物だが、孫娘には甘い。ユナには、絵本と交換でラルーズの街の家を与えた。

アルカ
綺麗な銀髪と可愛い笑顔が特徴の、レトベールの孫娘。5歳ぐらい。ユナの絵本とクマのぬいぐるみに夢中。

▶KUMA KUMA KUMA BEAR_VOL.17

謎の鉱石・クマモナイトの秘密を探るべく、フィナとルイミンとともに、ドワーフたちが住むルドニークの街へ向かったユナ。
鍛冶職人のゴルドとガザルの師匠であるロージナと、その娘リリカに出会ったユナは、鍛冶職人と冒険者の腕を試すために年に一度開かれる「試しの門」に挑戦することに。そこに現れた意外すぎる相手が…！　そして、ユナは試しの門でも新たな伝説を作る!?

434 クマさん、試練を見に行く

ドワーフの街にやってきたわたしとフィナとルイミンは、いろいろと楽しんでいる。

トウヤのミスリルの剣を作ってもらえるかの試験を見学したり、鍛冶《かじ》職人のゴルドさんとガザルさんの師匠のロージナさんに会ったりした。

それから、この街には鍛冶職人が作った武器を使って、冒険者や兵士が挑むという、試しの門というものがあり、ジェイドさんが鍛冶職人のクセロさんが作った剣で参加するというので、わたしたちも見ていくことになっている。

ただ、その試しの門の奥に入れるのは参加者だけで、見学者は入れないそうだ。

少し、残念だ。

そして、その試しの門が開き、今日から鍛冶職人の技術を試す試練が始まる。


「どうして、こんなに朝早く行くんですか？」

まだ、朝日が昇ったばかりだ。

ルイミンが眠そうに小さくあくびをする。

朝が得意なフィナも眠そうにしているってことは、昨日の家の掃除で疲れが残っているのかな？

わたしは白クマで寝たので元気だ。

「それは混む前に試しの門に行きたいからだよ」

わたしのクマの格好が目立つから、人が少ない朝いちで行くことにした。

「でも、ジェイドさんは今日は参加しないんですよね」

初日は見習いや新人の鍛冶職人が参加することになっている。だから、ベテランのクセロさんは初日に参加することはできないので、ジェイドさんの参加は明日以降になる。

「どんなふうなのか気になるからね」

あと、門の隙間から中が見えたらいいなとも思っている。

「でも、眠いです」

「寝ててもよかったんだよ」

「行きます」

朝食を食べ終わる頃には2人とも目が覚めたようで、出かける準備を終え、出発する。

そして、難関の長い階段がわたしたちの前に現れる。

「フィナ、疲れたら遠慮なく言うんだよ。誰も見ていないなら、恥ずかしくないでしょう」

「はい。でも、頑張ります」

フィナは小さく拳を握る。

「ユナさん。どうして、わたしには言ってくれないんですか？」

「あれだけ簡単に階段を上っていったルイミンには必要はないでしょう。でも、下りるときは手伝ってあげようか？」

「遠慮します！」

ルイミンは逃げるように階段を上っていく。

どうやら、先日、上から飛び降りたことが怖かったみたいだ。

身軽に駆け上がっていくルイミンをわたしとフィナは、追いかけるように階段を上っていく。

一度上ったからといって、2度目が楽になるわけじゃない。

フィナは息を切らせながらも一段一段、自分の足で上っていく。そして、額に汗をかきながら、試しの門がある場所まで上りきる。

「お疲れさま」

わたしはフィナとルイミンに冷たい水を出してあげる。

まだ、時間が早いこともあって、誰もいない。早く来すぎたかな？

わたしたちは試しの門があるところに向かう。

「ユナお姉ちゃん、ルイミンさん。あそこに誰かいます」

フィナが指差すほうに視線を向けると、ジッと試しの門を見ているドワーフがいる。その人物には見覚えがある。

「ロージナさんです」

ルイミンの言うとおり、ロージナさんだ。

「ロージナさんも参加するんでしょうか？」

「う〜ん。でも、ロージナさん、武器は作っていなかったし」

わたしたちが街に来てからも武器は作っていないはず。わたしたちが頼んだ鍋やフライパンなどを作っている。それ以前もリリカさんからは武器を作っていた話は聞いていない。ロージナさんは何か思いつめるような表情をしている。わたしが声をかけるタイミングを逃していると、ロージナさんがわたしたちに気づく。

「嬢ちゃんたちか。こんなに早くどうした。もうしばらくしないと人は集まらないぞ」

話によると、もう少し時間が経たないと人は集まらないらしい。

理由として、寝起きで試験に挑むより、少し時間が経ってからのほうが万全の体調になるかららしい。確かに誰だって、寝起きに武器を扱っても、脳だって起きていないだろうし、体だって準備はできていない。良い結果を出すのは難しい。

学校のテストでも数時間前には起きていたほうがいいと言われていた。

それと同じことかもしれない。

「わたしの格好がこれだから、早めに来ただけだよ。ロージナさんはどうしたの？　もしかして、参加するの？」

「まさか。この数年武器は作っていない」

「それじゃ、どうしてここに？」

「……未練かもしれない」

ジッと試しの門を見ながら言う。

「未練？」

「武器を作りたいという未練だ」

「作ればいいんじゃ」

「そんなに簡単なことじゃないんじゃよ。武器を作りたいという気持ちはある。だが、ガザルとゴルドの2人が出ていって、心の中が満たされない。俺はあの2人が成長する姿を側で見ることを楽しみにしていた。そして、俺も一緒に成長していた。でも、2人がいなくなったことで、武器を作れなくなった。作っても楽しくなくなった」

娘がお嫁に行ったり、恋人が亡くなったりしたわけじゃないんだからと思うのは、わたしの心が汚れているからかな。それに弟子なんてお店を持ったりして、いつかはいなくなるものだ。そのたびに寂しくなっていたら、キリがない。リリカさんの言うとおりに、弟子が一人前になって出ていったら、新しい弟子を作ればいいと思う。

「だがお主たちから、ガザルとゴルドが作ったナイフを見せてもらった。あの2人が俺がいなくても成長していることが分かって、嬉しくもあり、情けないとも思った。だから、見習い鍛冶職人たちの姿を見れば、昔のように武器を作る情熱が出てくるんじゃないかと思ってな」

だからこんなに早く来ているわけか。

「それで嬢ちゃんたちも見に来たのか？」

「まあ、一応」

「鍛冶職人や冒険者でもないのに、こんな長い階段を上ってくるなんて」

　少し呆《あき》れた感じで言う。

「街の一大イベントじゃないの？」

「鍛冶職人にとっては一大イベントだ。でも、一般人からしたら、試練を見ることはできないし、さらにこの長い階段を上ってこないといけないからな。楽しむことはできない」

　それはわたしも思う。試練を見られないのが一番盛り上がらない。せめて、カメラとかあって、中の様子が映像で映し出されれば、楽しめるのに。

　それに長い階段の問題がある。

　クマ装備がなければ、絶対に上りたくない。

「どうして、こんな高い場所に試しの門があるの？　もう少し下のほうに作ればいいのに。そもそも試しの門って誰かが作ったの？　それとも昔からあったの？」

「昔、魔法使いが作ったと言い伝えられている。なんでも、この場所は魔力が集まりやすく、作りやすかったかららしい」

　魔力が集まりやすいって、霊脈とか龍脈みたいなものかな。ゲームや漫画でも、力が集まりやすい場所の話が出てくることがある。

　でも、試しの門は魔法使いが作ったという。デゼルトのピラミッドみたいに、知らないうちにあったわけじゃないみたいだ。

「もしかして、試しの門が開く日にちが分からなかった理由は、その魔力で作られているからなの？」

「そうだ。試しの門は魔力で閉じられている。そして、魔力が溜まると門が開く」

だから、試しの門の開く正確な日にちが分からなかったんだね。

「でも、真っ暗です」

ルイミンが試しの門の中を覗《のぞ》く。

門の先は洞窟《どうくつ》のようなトンネルになっており、先が暗くて、見えない。

「一番奥で行われるからな。ここからじゃ見えん」

う〜ん、残念。

覗くこともできないみたいだ。

「声がすると思ったら、ロージナか」

試しの門の近くにあった建物から、背が低く、顎《あご》に立派な髭《ひげ》を生やしたドワーフがやってくる。

「……タロトバ」

ロージナさんが小さく名を呟《つぶや》く。

「どうして、おまえさんがここに？　もしかして、参加することにしたのか？」

「いや、見に来ただけだ」

「もう、武器は作らんのか？」

「どうだろうな。作るかもしれんし、作らないかもしれん」

「結局、どっちなんだ？」

「俺自身も、分からないってことだ」

ロージナさんの返答にタロトバと呼ばれた男性は呆れた表情をする。

「それで、お前さんの後ろにいる、わけがわからない組み合わせの女の子たちはなんだ？」

男性はわたしたちのことを見る。

確かに変な組み合わせだ。フィナ（人間）、ルイミン（エルフ）、わたし（クマ）だ。

「ガザルとゴルドの知り合いだ。この街に来たから、少し世話をしている」

「ガザルとゴルドの……俺は鍛冶ギルドのギルドマスターのタロトバだ」

鍛冶ギルドなんてあるんだ。

今更ながら知った。

それとも、この街特有のギルドなのかな？

「わたしはユナ。この子はフィナ、こっちのエルフの女の子はルイミン」

一応、２人を紹介する。

「まあ、こんなところでなんだ。始まるまで時間がある。茶ぐらい出すから飲んでいけ」

「いいのか？」

「人が来るまでだ。そっちのクマの嬢ちゃんたちも階段を上ってきて、疲れているだろう」

わたしたちはその言葉に甘えさせてもらうことにする。

435 クマさん、ギルマスと話をする

わたしたちはタロトバさんの案内で建物の中に入る。

中は天井が高く、広々としている。入り口には長テーブルがあり、受付用紙が置かれている。ここで受付をするみたいだ。その先には大きな病院の待合室のように長椅子がいくつも置かれている。

「こっちだ」

タロトバさんは隣の部屋に入っていく。わたしたちもタロトバさんについていく。部屋は少し広めで会議室のようにテーブルや椅子が置かれている。

「まあ、適当に座ってくれ」

わたしたちは言われるままに椅子に座る。

そして、タロトバさんは約束どおりにお茶を出してくれる。ドワーフって言えばお酒ってイメージがあるけど、さすがに朝からお酒は飲まないらしい。

「こんなにのんびりしていていいのか？」

「毎年のことだ。準備も数日前からしてある。あとはギルド職員と出場する鍛冶《かじ》職人たちがやってくるのを待つだけさ」

タロトバさんは全員分のお茶を用意して、自分も椅子に座る。

「楽しそうだな」

「まあな。見習い鍛冶職人の成長をこの目で見ることができるんだからな。これもギルドマスターの特権だ」

「今年はどうなんだ？」

「ドルトンの弟子あたりがいい感じじゃな。他にも何人かいるから、楽しみだ」

タロトバさんは嬉しそうに話す。成長を見守るお父さんって感じだ。孤児院の先生とか似合いそうだ。そして、タロトバさんはわたしに視線を向ける。

「嬢ちゃんの格好はクマだよな？」

「そうだけど」

クマ以外には見えないはず。

「他の街だと、そのような格好が流行《はや》っているのか？」

ロージナさんが気にするなと言ってくれたけど。やっぱり、わたしの格好が気になるみたいだ。でも、説明をするのが面倒なので、適当に答える。

「流行っていますよ」

「ユナお姉ちゃん!?」

わたしの返答に隣に座るフィナが驚く。そんなに驚くこと？　もしかすると、わたしたちが知らないところで流行っているかもよ。流行っていても、それはそれで困るけど。

「冗談だよ。この格好については、なにも聞かないでもらえると助かるよ」

わたしは言いたくない旨を、やんわりと伝える。

「まあ、どんな格好をしても人それぞれだからな」

そんな、哀れむような目で見ないで。好きでクマの格好をしているわけじゃないよ。生きるために着ているんだよ。

「それで、先ほど言っていたが、嬢ちゃんたちはガザルとゴルドの知り合いって本当なのか？」

「2人を知っているの？」

「もちろん、知っている。この街にいる鍛冶職人のことは全て把握している」

「全て？」

「ギルマスなんだから、当然だろう。まして、優秀な新人鍛冶職人は記憶に残るからな」

何人いるかわからないけど、全てを把握しているって凄《すご》い。人の名前とか覚えられないわたしからしたら、全てを把握しているなんて変人だ。先ほど思った、みんなのお父さんもあながち冗談ではないかもしれない。

「あの2人は元気にしているか？」

「元気だよ」

「そうか。街から出ていく話を聞いたときは残念だったが、元気にしているようならよかった。それで嬢ちゃんたちはなにしに来たんだ。お父さんと一緒に来たのか？」

お父さんって。子供じゃないんだからと思ったけど、子供のフィナが一緒だ。気になるのは、その子供って中にわたしが入っているかどうかだ。

「驚くことに、鍋を買いに3人だけでこの街に来たそうだ」

ロージナさんの言葉にタロトバさんは驚きの表情を浮かべ、不思議な生き物を見るようにわたしを見る。

まあ、女の子3人で来たと聞けば驚くよね。ロージナさんはわたしたちの鍋を作っていると説明する。

「まあ、ロージナが作る鍋は人気があるからな。嬢ちゃんたち運がいいぞ。この偏屈なおっさんは、気持ちが乗らないと作らないからな」

「ゴルドとガザルの知り合いを無下にはできないからだ」

そのおかげで他の店で探さないですんだ。しかも、価格も安くしてもらっている。そのあたりは感謝しないといけないね。

「それで今日は、嬢ちゃんたちは試しの門を見に来たのか？」

「うん、もしかしたら、門の外から試練をしているところが見られるかもと思ったんだけど、ダメみたいだね。あとは、運が良ければ参加できるかなと思って」

もしかしたら、当日に冒険者に何かが起きて、その冒険者の代わりに参加できないかなと、密かに思っていたりした。

でも、そんなことがあっても、誰もクマの格好をしたわたしには頼まないよね。

「嬢ちゃんが参加？　嬢ちゃんは鍛冶職人でも目指しているのか？」

タロトバさんは驚きの表情をする。驚いたのはわたしのほうだよ。どうしたら、わたしが鍛冶職人を目指しているように見えるかな。

「違うよ。武器を扱うほうで参加するんだよ」

タロトバさんはわたしの言葉に怪訝《けげん》そうな顔になる。

「タロトバ、こんな格好をしているが、嬢ちゃんは冒険者だ」

「冒険者？　このクマの嬢ちゃんが？」

タロトバさんはわたしのことを見ると小さく笑いだす。自分でも冒険者に見えないことは分かっている。

「冗談だろう。まだ、大道芸人と言われたほうが納得できるぞ」

大道芸人って、芸をしてお金をもらう人のことだよね。ミサの誕生会でしたことが思い出される。確かにくまゆるとくまきゅうを召喚すれば、できなくはないけど。

「まあ、嬢ちゃんの格好については同感だが、冒険者としてはそれなりに優秀みたいだ。ガザルが嬢ちゃん専用の武器を作るほどだからな」

「依頼があれば作るだろう」

「それが一級品のミスリルナイフでもか。適当に作った武器じゃなく、自分が作れる最高の武器を嬢ちゃんに渡している。それが、どういうことかギルマスなら分かるだろう」

「……………」

タロトバさんがあらためてわたしのほうを信じられない表情で見る。

「嬢ちゃん、ガザルが作ったナイフを見せてくれるか？」

「いいけど」

わたしはクマボックスからくまゆるナイフを出すと、タロトバさんに渡す。

タロトバさんはゆっくりと鞘《さや》からナイフを抜くと、目を細めながら見る。

「嬢ちゃん。本当に試しの門に挑戦したいのか？」

「……うん、したいよ」

だって、気になるもん。

元ゲーマーとしては、面白そうなイベントには参加したい。

タロトバさんは考え込む。そのとき、ロージナさんが口を開く。

「タロトバ。俺の登録ってことで嬢ちゃんを参加させてやってくれないか？」

いきなりの発言に、わたしはもちろん、タロトバさんも驚く。

「嬢ちゃん、一つ確認だ。このナイフはいつ作った。1年は過ぎたか？」

ロージナさんはタロトバさんの持つくまゆるナイフを見る。

「そのナイフなら、作ってもらったばかりだよ」

「ロージナ。まさか、ガザルが作ったナイフで参加させるつもりか？」

「お前さんも、考え込んでいたじゃろう。それに別に記録に残そうってわけじゃない。なかったことにしてもらってもかまわない。ただ、ガザルが作ったナイフ、それから嬢ちゃんの実力を確認したくなっただけだ」

「そんなことできるの？　武器を作った鍛冶職人と一緒じゃないとダメなんじゃ」

「それは鍛冶ギルドが作った規定だ。昔にいろいろとトラブルがあって、決められた」

なんでも、過去には一人で何度も挑戦ができたそうだ。剣が10本あれば、10回挑戦できた。

でも、試しの門は魔力によって試練が行われる。1回行われれば魔力は減る。つまり試しの門に挑戦できる回数は無限でなく、一定の回数しかできないのだ。

一人が何度も受けていたら、試しの門の試練を受けたい者を全て受け入れられない。それで鍛冶ギルドが管理して、規定を作ったそうだ。

規定その1　一人1回挑戦できる。
規定その2　参加する場合、武器を作った鍛冶職人と一緒でなければならない。また、その鍛冶職人は、鍛冶ギルドに登録している者であること。
規定その3　他人の作った武器を自分のものとして参加してはならない。（発覚した場合、3年間参加することができなくなる）
規定その4　1日目は見習い、新人鍛冶職人が優先される。

規定その5　予定より門が早く閉まっても、鍛冶ギルドは保証しない。（翌年、優先的に参加できる）

規定その6　試練内容を口外してはいけない。

見事に規定その2と3に引っかかる。

「でも、そんな規定を作って、よく文句が出なかったね」

「もちろん、初めから全てがあったわけじゃない。不都合があるたびに修正されたり、追加されたりして、今がある。それに当時のギルドマスターが『鍛冶職人なら、自分が作った武器ぐらい、どれが最高の一本の出来か分からないはずはない』って言ったらしい」

確かに自分の作った武器で、最高の一本を選べないってことは、目利きもできないと自分で言いふらしているようなものだ。自分が作った剣なら、どれが最高の一本か分かるはず。

「まあ、それでも自分の作った武器を弟子に持たせたりする者もいたから、いろいろと規定が追加された」

「それに、そんなことをすれば、弟子が作った剣が自分が作った剣より、良い剣だと広まる恐れがある。もし、弟子の剣を自分が作った剣と認めれば、鍛冶職人やお客さんからは嫌われることになり、鍛冶職人として信頼されなくなる。商売はなにより信用が大事だ」

「あと、なかには見習いが他の武器屋で買った剣を、自分が作った剣として参加したこともある」

「そんなことをしても、なにも意味がないんだけどな。そんなので一人前と認められても、長続きはしない。嘘《うそ》はいずればれる」

そう言われるとそうなのかな。確かに、いくらいい武器を作る職人がいても、嘘を吐《つ》く人には作ってほしいとは思わない。命を預ける武器だ。信頼がおける武器職人から買いたい。それがいい武器になればなるほどそう思う。安物の武器なら、誰でもいいよって思うけど。いい武器は信頼がおける鍛冶職人から買いたい。

「今ではそんなことをする者はいなくなったがな」

「それで、他人の作った武器を他の鍛冶職人が自分の剣として、参加するのは禁止している」

「タロトバ、今回は記録に残さない。だから、頼まれてくれないか」

「…………」

短い沈黙が流れる。そして、タロトバさんがゆっくりと口を開く。

「わかった。おまえの頼みだ。まだ人もいない。今すぐやるなら、見なかったことにしてやる」

「感謝する」

ロージナさんが頭を下げる。

「俺も、ガザルがどれほど成長したか知りたい。それに、おまえさんが、弟子が作ったナイフを見て、もう一度、剣を作ってくれるようになったら、うれしいからな」

わたしが、試練に失敗すれば、ガザルさんの名を汚すことになり、ロージナさんの武器職人に戻る気持ちもなくしてしまうかもしれない。

遊び気分で参加するつもりだったけど、思っていたよりも責任重大かもしれない。

436 クマさん、試しの門に挑戦する　試練1戦目

わたしは他の参加者やギルド職員たちが来る前に試しの門に挑戦させてもらえることになった。時間もないので、タロトバさんが淹《い》れてくれたお茶を一気に飲み干すと、席を立つ。それに倣《なら》うようにフィナとルイミンも椅子から立ち上がる。でも、そんなフィナとルイミンにタロトバさんが声をかける。

「そっちの嬢ちゃんたちは悪いが、一緒に中に入ることはできないから、ここで待っていてくれ」

まあ、そうなるよね。基本、関係者以外入れないってことになっているし。

「うぅ、そうなんですか。ユナさんが試しの門に挑戦するところを見てみたかったです」

「はい。見たかったです」

その気持ちは痛いほど分かる。わたしだって、ほかの人の試練を見たかった。見られないと知ったときは残念に思った。

「フィナもルイミンも少し待っていて、すぐに戻ってくるから」

「うぅ、わかりました」

「うん、ここで待っているから、ユナお姉ちゃん、頑張ってね」

2人は残念そうにするが、わがままを言ったりはしない。

フィナとルイミンには部屋に残ってもらい、わたしはロージナさん、タロトバさんと一緒に建物を出る。

そして、建物の外に出て、試しの門に向かう。

フィナとルイミンには悪いけど、ワクワクしてくる。

やっぱり、こういうのに挑戦したくなるのがゲーマーだよね。

「時間もない。さっさと行くぞ」

「タロトバさんは試しの門の中に入ってもいいの?」

「問題ない。基本的に誰でも入れる。武器を作った職人とその武器を扱う者だけという規則があるだけだ。誰もかれも中に入れていたら混乱になるし、試練は見世物じゃないからな」

それには同意だ。一生懸命に作った武器や、それを扱う者。冷やかしで見られても困る。

「あと、いつまでもたっても出てこないバカがいる場合もあるし、何度も挑戦するバカもいた。だから、ギルドマスターが一緒についていくことになった」

昔は何度も挑戦できたのに、1回しかできなくなって、見張る者がいなかったら、何度も挑戦しようとする者がいてもおかしくはない。

わたしたちは試しの門の中に入っていく。

なんでも、試しの門はこの中で武器を試すために作られた。初めの頃は入り口が門構えになっていた。そして、門を通るので、試しの門と呼ばれるようになったらしい。

試しの門の先は、人工的に作られたわけではなく、地表が剥《む》き出しになっている。洞窟《どうくつ》の中って感じだ。中は光が灯してあり、明るくなっている。その光は先に進む通路へと続いている。

試しの門の由来の話を聞きながら通路を進むと、途中から階段になっている。ここから下っていくみたいだ。タロトバさんに足元を気をつけるように言われるが、クマ靴を履いているわたしは大丈夫だ。タロトバさんを先頭に階段を下りていく。

「それで試しの門って、どんなことをするの？」

「鍛冶職人と、その武器を扱う者の実力を測ることは知っているな」

「うん、でも、なにをするかは知らない」

試練の内容は話してはいけないことになっている。

「簡単に言えば、魔力で作り上げられたものに、鍛冶職人が作った武器で相手をする」

「魔力で作られたもの？」

いまいちピンとこない。魔力で作られたものってなに？

「それは魔物であったり、物だったりする。武器によって異なり、また武器の性能によっても変わる。だから、嬢ちゃんの試練がどのようになるかは分からない。見習いが作った剣だと、弱い魔物が多い」

「ウルフとかだな」

タロトバさんの言葉にロージナさんが言葉を付け足す。

確かにウルフなら初心者用になるかかな。

「そして、一つの試練を超えると、相手は強く、硬くなっていく。武器の性能、それを扱う者の実力がともわないと倒せない」

「一つの試練を超えるって、何度も試練があるの？」

「最大5戦だ。1戦目はそれほど難しくない。武器に最低限の性能があり、武器を最低限扱えればクリアできる。2戦目から徐々に難しくなる」

まあ、武器をまともに扱えない人が使えばウルフだって倒すことはできない。例えば、フィナやノアがミスリルの剣を持ったとしても、ウルフを倒すことはできないと思う。そもそも、剣を振るうこともできそうもない。

「魔物はなんとなくわかるけど、物ってなに？」

「魔力で硬化したものだ。ハンマーで挑戦したときは岩山、槍だと壁などが現れたりする。それでも、毎回違うから、必ず出るとは限らないがな」

そんな試練もあるんだ。

そんな話を聞くとハンマーや槍でも挑戦したくなる。でも、ゲーム時代、ハンマーや槍はあまり使ったことはないんだよね。だけど、クマ装備があるから多少は使えるはずだ。

「今回、わたしが使うのはナイフだけど、ちなみにナイフだとどんなものや魔物が現れるの？」

「ナイフで参加する者はいない。基本、剣が作れないと師匠が参加をさせないし、本人たちも参加しようとは思わない」

「剣が作れるようになって、一人前の入り口だからな」

「それと、実力がある鍛冶職人はナイフで参加はしないからな」

タロトバさんとロージナさんが武器職人の参加する最低基準を教えてくれる。

実力がある武器鍛冶職人ほど、剣や槍などの武器を作るようになるのだという。そのほうが強い武器が作れる。最強のナイフを作ろうと思う鍛冶職人はいないらしい。

ナイフだって、ちゃんとした武器なのに酷い。でも、ゲームでもナイフはメインにならないし、初心者用の武器や初期装備だったりする。剣士がナイフでラスボスと戦っている姿を見たことがない。ナイフを使うのは盗賊やアサシンぐらいだ。

でも、少なからずメインで扱う者だっている。セニアさんだって実力があるナイフ使いだ。

「まあ、過去に数人いたが、ナイフだと大した試練にならないはずだ」

そんなフラグが立つことは言わないでほしい。でも、この場合は大したことがない試練より、難しい試練のほうが楽しいのかな？

「でも、ガザルが作ったミスリルナイフなら、それなりの相手が出てくると思っておいたほうがいいぞ」

それはもちろんだ。甘く見るつもりはない。なんでも、真面目に楽しまないとつまらない。

「ちなみに確認だけど、魔法で倒してもいいの？」

クマ魔法やクマパンチがある。

わたしの質問にタロトバさんがバカな子を見るような目でわたしのことを見る。

「ダメに決まっているだろう。武器を試す試練だぞ」

わかっていたけど、魔物って聞くと魔法で倒したくなる。体が勝手に反応して魔法を使ってしまいそうだ。

「嬢ちゃんは魔法を使えるのか？」

「使えるよ」

「それじゃ、試しの門についての規定を教えないとダメか。まず、魔法は禁止。魔法を対象物に当てた瞬間、試練は強制的に終了となる。ただし、武器に魔力を付加した攻撃は可だ。魔力を込めて、威力を上げる武器もあるからな」

「魔法で土の壁を作ったりして、攻撃を防ぐのは？」

「ダメだ。同じように対象物が魔力の壁に触れた瞬間に終わる。防ぐなら、避けるか、武器でする。基本、対象物に武器に込められたもの以外の魔力が触れれば終わりと思ってもらえればいい。あくまで武器と武器を扱う者の試練だからな」


試しの門のルールをまとめると次の通りみたいだ。

その１　魔法による攻撃、防御は不可。対象物が魔法に触れた瞬間、試練は終了となる。
その２　武器に魔力を付加して攻撃をするのは可。
その３　防具の使用は可。

その4　一定のダメージを受けると終了。
その5　試練は5戦で終了となる。

でも、ここにわたしの攻撃手段で、当てはまらないことがある。

「手で殴るのは？」

わたしはクマさんパペットをパクパクさせる。

クマパンチだ。クマパンチは魔法ではない。まあ、魔力を込めることもできるけど。

「……」

「……」

でも、2人は呆れたようにわたしのクマさんパペットを見ている。

「嬢ちゃん。今更ながら、なんのための試練か、分かっているよな？」

分かっているよ。武器だよね。武器で攻撃しないとダメなんだよね。

「そもそも、手で殴った者なんて、過去に一人もいない」

ですよね。武器の試練でクマパンチは普通はしないよね。

結局、クマパンチがアウトなのかセーフなのか、分からなかった。まあ、クマパンチをして試練が終わっても困るので、クマパンチは封印することにする。

ロージナさんとタロトバさんと話しながら階段を下りていくと、その先に円形の模様が描かれているのが見えた。ゲームや漫画に出てきそうな、円形の中にいろいろな図形が描かれている。魔法陣だよね。

「この下で武器が試される」

階段を下りると広い空間に出る。山の地下と思われるところに学校の校庭ほどの広さがある。地中にこれだけの広さの空間があるのは驚きだ。

上を見上げれば、天井も高く、光が灯っていて暗くない。これも魔力ってことになるのかな。

わたしたちは魔法陣の近くまでやってくる。

「嬢ちゃん。その魔法陣の中心にナイフを突き刺せ。魔力を付加させる武器だったら、置いた武器に魔力を流せば、その武器の材質、強度、切れ味、魔力の吸収率などの性能が把握される。そしてそれに見合った相手が現れる」

本当にゲームみたいだね。

わたしはクマボックスからくまゆるナイフとくまきゅうナイフを取り出す。そのときにナイフが2本あることを思い出す。

「っと、ナイフを2本使うんだけど」

わたしは両手に持つナイフを見せる。

「かまわない。2本とも突き刺せば大丈夫だ」

わたしは魔法陣の中心まで歩いていき、言われたとおりに魔法陣の中心にくまゆるナイフとくまきゅうナイフを突き刺す。そして、ナイフを握り締めながら魔力を流すと魔法陣が光りだす。

おお、ゲームみたいな演出だ。ラスボスが現れるときやお宝が現れるシーンって感じだ。魔法陣が光るとテンションが上がる。フィナとルイミンにもこの光景を見せてあげたかったね。

魔法陣の光が消えると同時に、ロージナさんが叫ぶ。

「嬢ちゃん、前を見ろ！」

言われるがままに前を見ると、土が盛り上がりはじめ、形を作り出していく。

「なんだ。あれは……」

「……ゴーレム」

盛り上がった土は大きなゴーレムとなる。

「どうして、1戦目から、そんな相手が現れるんだ」

ロージナさんとタロトバさんが驚きの声をあげる。たかがゴーレムでそんなに慌てなくてもいいのに。

でも、鉱山で倒したときのゴーレムと同じくらいだ。

しかも、たったの1体だ。

ゴーレムは地面を叩《たた》く。地響きとともに空気が揺れる。破壊力もありそうだ。

「嬢ちゃん、おかしい。逃げるんだ！」

わたしを心配してくれるけど、大丈夫だよ。わたしはナイフを魔法陣から抜き取る。

「ゴーレムぐらい倒せるよ」

「嬢ちゃん、魔力で硬くなっているはずだ。土と思って攻撃をしかけると、弾かれるぞ！」

それでもアイアンゴーレムよりは硬くないはずだ。でも、初めから手加減をするつもりはない。クマさん防具があるとはいえ、ダメージを受けたら一撃で終了って可能性もある。

わたしはくまゆるナイフとくまきゅうナイフを握りしめると、ゴーレムに向かって走る。動きは遅い。わたしが近づくとゴーレムが腕を振り上げる。わたしは左右に持つナイフに魔力を流し、数回切り刻み、ゴーレムの腕、脚を切り落とす。

「う〜ん、初めだとこんなものなのかな？」

「嬢ちゃん？」

「……」

おっさん2人が呆《ほう》けるようにわたしを見ている。とりあえず、わたしは止《とど》めを刺すようにゴーレムの体を斬り刻み、首を切り落とす。

「動きにくそうな格好で、そんな速い動きが」

見た目はあれだけど、一応チート装備だからね。

「しかも、そんなに簡単に魔力で作りあげられたゴーレムを斬るなんて」

過去に倒しているし、慌てるような相手ではない。それに前回はなかったけど、今回はガザルさんが作ってくれたミスリルナイフがある。魔力で強化されているといっても、アイアンゴーレム以上の硬さはなかった。

437 ロージナさん、クマさんの試練を見る　試練2戦目

クマの嬢ちゃんがガザルが作った2本のナイフを魔法陣の中心に突き刺し、魔力を注いだ。

「なんだ?」

魔法陣が眩《まぶ》しいほどに輝く。俺が作った武器では、こんなに光ったことがない。俺が隣にいるタロトバを見ると、同様に驚いている。

俺たちが魔法陣の光に気を取られていると、嬢ちゃんの前のほうで地面が盛り上がるのが見えた。

「嬢ちゃん、前だ!」

俺が注意をすると嬢ちゃんはナイフを魔法陣から抜き取る。

土は大きな体の人の形へと変化する。ゴーレムか?

どうしてナイフ相手に、こんな相手が1回目から出てくるんだ!?　確かにガザルが作ったナイフはいいものだった。嬢ちゃんの実力もあるが、1回目の試練はナイフの性能のはずだ。武器の強度、重さ、切れ味を魔法陣が調べるといわれている。それにナイフに付加される魔力の量。そこから、判断されて適した試練が行われる。

ゴーレムなんて、ナイフで1回目に現れるような試練じゃない。ゴーレムが地面に腕を振り下ろすと地響きが起こり地面が揺れる。

逃げるように言うが嬢ちゃんは逃げようとはしない。それなら、助言をするしかない。

「嬢ちゃん、魔力で硬くなっているはずだ。土と思って攻撃をしかけると、弾かれるぞ！」

ここに現れる相手は1年間蓄えられた魔力で構成されている。硬さは、使われる魔力に比例して増していく。

俺の助言を聞き入れたのかはわからないが、嬢ちゃんはナイフを握りしめると、ゴーレムに向かって走りだす。あの動きにくそうなクマの格好なのに速い。一瞬でゴーレムとの距離を詰める。ゴーレムは腕を振り回すが、嬢ちゃんは躱《かわ》す。

凄《すご》い。怖くないのか。普通はゴーレムに近づくだけでも怖い。まして、あんな硬そうな腕を振り回す相手に自分から近づく勇気。そして、その動きをちゃんと見切って躱している。

嬢ちゃんはゴーレムの攻撃を躱すと、ナイフで何度か斬った。腕の動きが速くて、何度斬ったかわからなかった。嬢ちゃんが動きを止めると、ゴーレムの腕や脚が落ちる。魔力で硬化されているから、そんなに簡単に斬れるほど軟らかくはないはずなのに、紙を切るように斬ってしまった。

そうだ。思い出した。

嬢ちゃんは俺が握った鉄の棒を、なにも感じさせないように斬ったほどの実力を持っている。

嬢ちゃんは片足を失ったゴーレムの後ろに回り込むと、首を切り落とし、1戦目の試練は終了した。

「……ロージナ、あのナイフはガザルが作ったんだよな？」

俺が呆けているのと同じように信じられないような目で見ているタロトバが尋ねてくる。

「ああ、それは間違いない。でも、ナイフの切れ味もそうだが、嬢ちゃんはガザルのナイフの力を最大限に引き出している」

嬢ちゃんの実力があっても、ナイフがなまくらなら、斬れない。逆に切れ味が良いナイフがあっても、使い手が悪ければ斬ることはできない。鍛冶《かじ》職人と武器の使い手のどちらの実力が欠けてもダメだ。

俺たちが話している間に次の試練が始まろうとする。嬢ちゃんから離れた位置に新たに土が盛り上がる。

「……甲冑《かっちゅう》騎士」

鎧《よろい》を身に纏《まと》い、右手には剣を持ち、左手には盾を持った騎士が5体も現れた。それを嬢ちゃんはリーチが短い二本のナイフで相手にしないといけない。

勝てるわけがない。

5人の騎士相手に戦うようなものだ。一対一だって不利な条件なのに、5体。本来なら、あり得ない。

さらに、甲冑は魔力で硬化されているから、本物の甲冑以上に硬いはずだ。

俺が知っている試練とは何かが違うような気がする。まるで、嬢ちゃんの実力を測ろうとしているみたいだ。

そんな嬢ちゃんは甲冑騎士に囲まれながらも、あの動きにくそうな格好で攻撃を躱していく。

「おいおい、あの嬢ちゃんの動きはなんだ。どうして、あんな身軽に動ける？　それにあの甲冑騎士の剣をナイフで受け流しているぞ」

タロトバは信じられないという表情で嬢ちゃんを見ている。

攻撃を躱すだけではなく、あの重く振り下ろされる剣をナイフだけでなめらかに受け流している。受け流すにはかなりの実力が必要だ。普通ならナイフが弾き飛ばされてもおかしくはない。

テストで鉄の棒を斬らせたが、見た目から想像もつかない実力だ。

クマの嬢ちゃんは両手に持つナイフを、踊りを舞うように振るって甲冑騎士の攻撃を躱し、剣をナイフで受け流す。それだけでも大変なことなのに、甲冑騎士に攻撃を仕掛けている。嬢ちゃんは甲冑騎士の弱点の関節部分に確実にナイフを当てている。そして、甲冑騎士は一体、また一体と倒れていく。目の前で見ていても信じられない光景だった。

そして、クマの嬢ちゃんは5体の甲冑騎士を倒した。

嬢ちゃんが小さく息を吐き、深呼吸する。あれだけ動いたのに、息切れすらしていない。

「嬢ちゃん、手は大丈夫なのか？」

攻撃を受け流していたとはいえ、全ての力を受け流せるわけじゃない。腕や手首に負担がかかっているはずだ。でも、俺の心配をよそに、嬢ちゃんはナイフを持っている手を振りながら
「平気だよ」と笑顔で返してくる。

ガザルが嬢ちゃんを優秀な冒険者と言った意味が、本当の意味での優秀な冒険者ということが理解できた。

それに嬢ちゃんの実力だけじゃない。ガザルが作ったナイフも凄い。甲冑騎士を斬ることができている。なまくらのナイフならできない。

なんだろう。この心の底から、ガザルのことをうらやましく思う気持ちが湧いてくる。クマの嬢ちゃんが持つナイフを見る。俺が作ったら、ガザルが作ったナイフよりも良いものを作れるだろうか。もっと、難しい試練が現れただろうか。

どうして、俺は剣を叩《たた》いていない。どうして、嬢ちゃんが持っている武器は俺が作ったものじゃない。この数年の自分のしてきたことを考えると、情けなくなってくる。俺は強く拳を握り締める。

「とんでもない嬢ちゃんだな。それにガザルも良いナイフを作ったな」

タロトバの言葉に、弟子が褒められることを嬉しく思う反面、嫉妬《しっと》している自分がいる。

そして、嬢ちゃんが甲冑騎士を倒し、息を整えるほどの短い時間が過ぎると次の相手が現れる。

「冗談だろう」

タロトバは絶句するかのように驚いた表情をする。

嬢ちゃんの前に現れたのは大型トカゲの魔物。頭から尻尾まで10mは超えている。魔物図鑑で見たことがある。大型の魔物が試練に出る話も聞いたことがある。でも、それは最後の5戦目が多いはず。３戦目で出るような相手ではない。

「ロージナ、止めなくていいのか？　あれは無理だぞ。大怪我はしなくても、無事ではすまんかもしれないぞ」

嬢ちゃんとオオトカゲを見比べる。

全長10ｍ以上のオオトカゲと可愛《かわい》らしいクマの格好をした女の子が対峙《たいじ》する。オオトカゲの前に餌《えさ》が置かれているようにしか見えない。

長い尻尾《しっぽ》に硬い鱗《うろこ》。俺が知っている魔物と同じなら、あの鱗は簡単に突き破ることはできない。

オオトカゲの尻尾は鱗が硬く、鱗の一枚一枚が重なるようになっており、その全てが研ぎ澄まされた刃となっている。

あの大きな尻尾に弾かれれば、一撃で終わる。

「嬢ちゃん！」

「大丈夫だよ」

俺たちに向かって微笑《ほほえ》むと、嬢ちゃんは逃げ出そうともせず、オオトカゲと戦い始めた。

438 クマさん、オオトカゲと戦う　試練3戦目

「ふぅ」

わたしは小さく息を吐く。

試練2戦目が終わる。２戦目の試練は甲冑《かっちゅう》騎士5体が相手だった。

ロージナさんは心配そうにしていたが、１対多数は経験済みだ。

それに5体といっても、動きは遅かったし、予想外の動きもなかった。

対人だと振り下ろした剣を、そのまま下から斬り上げてきたり、力任せに体を押してきたり、剣を投げつけたり、蹴りを入れてきたり、あるいは言葉攻めで心を揺さぶったりしてくる。

でもこの甲冑騎士たちは一度下ろした剣を、律儀に構え直してから攻撃をしてくる。人のように予想外の攻撃はしてこなかった。

それが分かれば、恐れる相手ではない。

甲冑騎士が振り下ろす剣のタイミングに合わせて、攻撃を仕掛ければいいだけのことだ。

なので、無事に甲冑騎士を倒すことができた。

「嬢ちゃん、手は大丈夫なのか？」

ロージナさんが心配そうに声をかけてくる。

わたしは手を振って、なんともないことを伝える。

「平気だよ」

甲冑騎士を倒したことで試練2戦目が終了し、1分ほど経ったら3戦目の試練が始まる。

休憩はないみたいだ。

土が盛り上がっていく。

さて、次の相手は誰かな。

ゲームみたいで楽しくなってくる。

土は徐々に形作られていく。

わたしの目の前に大きなトカゲが現れた。

「うぅ」

わたしは虫や爬虫類《はちゅうるい》が苦手だ。

しかも、このトカゲは全長10m以上はありそうだ。

もしかして、今度は精神攻撃なのかもしれない。

トカゲの名前を知るため、探知スキルを使ってみる。

でも、探知スキルに反応がない。どうやら、試しの門の魔物は探知スキルには反応しないみたいだ。

名称が分からないので、オオトカゲと呼ぶことにする。

「嬢ちゃん！」

ロージナさんが呼ぶ。ロージナさんのほうを見ると、タロトバさんと一緒に心配そうな表情をしている。

「大丈夫だよ」

安心させるために微笑《ほほえ》んで見せる。

オオトカゲとの戦いが始まる。

そして、先ほどから近づこうとするが、近づけない。巨体のわりに動きが速い。正面は大きな口が待ち構えている。後ろから近づくと長い尻尾を振ってくる。左右から近づこうとすると、大きな爪が襲いかかってくる。

それだけではない。

尻尾の攻撃は一撃が重く、鋭い。尻尾を横に振れば、空気を斬るような音がし、縦に落とせば、地面が揺れる。さらに厄介《やっかい》なことに、鱗《うろこ》の一枚一枚が鋭い刃になっているようだ。普通に受け止めれば、ダメージを受けることになる。

尻尾の振りが速いため、刺すどころか、避けるので精一杯だ。

もう少し、ナイフが長ければ届くんだけど。微妙に届かない。

う〜ん、面倒だ。

その大きな口の中に魔法を放り込んだり、その鬱陶《うっとう》しい尻尾を魔法で切ったりしたい。

でも、そんなことをすれば、わたしの反則負けで試練は終了してしまう。

そもそも武器の試練だし、武器で攻撃をしないといけない。

　でも、短いナイフでどうやって倒すのよ。

「嬢ちゃん！　無理なら、魔法陣に戻ってナイフを刺せば終了する」

　わたしが攻撃の手段に悩んでいるとロージナさんが後ろから叫ぶ。

「そうなの？」

「ああ、試練を降参する場合は、試練開始と同様に魔法陣にナイフを刺せばいい」

　そういう説明は始まる前に言ってよ。もっとも、降参するつもりはないけど。

　久しぶりのイベントだ。楽しまないと。

「了解、倒せないと思ったら、降参するよ」

　今はまだ、そのときではない。

　でも、これ本当にナイフだけで倒せるの？

　わたしは心を落ち着かせて、ナイフを握りしめて、オオトカゲを観察する。

　やっぱり、攻撃しやすいのは背中だよね。正面は大きな口が待ち構え、左右には鋭い爪を持つ手足がある。後ろは鋭い刃の鱗を持つ尻尾がある。尻尾の有効範囲は左右に180度。上は90度ほどしか曲がらない。背中には届かない。背中に乗ることさえできれば、ダメージを与えることができる。

　砂漠で戦った大型スコルピオンと比べたら、大した脅威ではない。ただ、魔法が使えないのが難点だ。

　まあ、魔法が使えなくても、クマさんチートが使えないわけじゃない。

わたしはオオトカゲから距離をとる。そして、オオトカゲに向かって走る。同時にオオトカゲが這《は》いずるようにわたしに向かってくる。

わたしはオオトカゲの突進を横に躱し、そのままオオトカゲの横を時計回りに走る。

わたしは距離を保ちつつ、隙を窺《うかが》う。

あの鋭い爪と、尻尾を避けて、背中に乗りたい。

オオトカゲはわたしに合わせるように、体の方向を変えていく。

わたしは走る速度を上げ、オオトカゲの斜め後ろの死角から間合いを詰める。

「ここだ」

わたしはジャンプして、オオトカゲの背中に乗ろうとする。

だけど、後ろにいるわたしのことが見えているかのように、ジャンプをしたタイミングに合わせて、オオトカゲは体を回転させて、長い尻尾をわたしに向けて振り回す。やばい。

尻尾がグイッと伸びてくる。わたしはとっさにナイフをクロスして防ぐ。

「嬢ちゃん！」

わたしは空中で弾き飛ばされるが、体を回転させて、クマ靴で着地する。これがクマ装備じゃなかったら、ナイフで受け止めることもできず、着地もできずに、勢いで地面に転がっていた。ダメージがどのように計算されるかわからないけど、クマ装備でわたしにダメージはないとはいえ、受けすぎれば試練は終了してしまうかもしれない。無駄なダメージは受けないようにしないといけない。

わたしは気を取り直して、オオトカゲと対峙する。

さて、どうしたものか。

魔法が使えないと、ここまで不便だったんだね。

魔法が使えることに感謝しないといけないね。

尻尾と口、それから爪。どこから行くべきか。

うん、決めた。

尻尾は距離感と軌道が読めないし、動きが速い。横からでは尻尾と爪の両方を気にしないといけない。

消去法で、正面が一番対応しやすい。

わたしは駆け出す。それに合わせるかのようにオオトカゲも突進してくる。

先ほどと同じ状況だ。

でも違うのは、横に避けるのでなく、オオトカゲが口を開いて噛《か》みつこうとした瞬間、飛び上がったことだ。

オオトカゲの口は、先ほどわたしがいた場所を噛む。

わたしはその閉じた口の上を踏み台にして、オオトカゲの背中に着地する。

それと同時に魔力を込めていたくまゆるナイフとくまきゅうナイフをオオトカゲの背中に突き刺す。

魔力で強化されたナイフは奥まで入る。

オオトカゲは暴れるが、最後は本物の魔物のように苦痛の声を上げると、負けを認めたのか、土に戻り、崩れ落ちていく。

わたしは慌てて、崩れるオオトカゲの背中から離れる。

少し手こずったけど、これで試練3戦目が終了だ。

わたしがロージナさんのほうを見ると、驚いたようにわたしを見ているロージナさんとタロトバさんがいる。

あっ、イベントに参加できる嬉しさのせいで、ロージナさんとタロトバさんのことを忘れて、普通に戦ってしまった。

目立ってしまったが、しかたない。手加減して勝てるような相手じゃなかったし、せっかくロージナさんが挑戦させてくれたんだ。魔法を使えずに負けるのはしかたないけど、手加減して負けるわけにはいかない。

問題は4戦目、5戦目だ。これ以上強くなられると、今以上の力を出さないといけなくなる。

これは終わったあとに、わたしのことは内緒にしてもらうようにお願いするしかないかな。

ここまで来て、ワザと負けるつもりはない。

今はこの試練を楽しむことにする。さて、次は何が出てくるのかな？

439 クマさん、偽クマさんと戦う　試練4戦目

オオトカゲを倒し、次の試練を待っていると、土が盛り上がり、縦に伸びる。

思ったよりも小さい。てっきり、大型の魔物が現れると思っていた。土は徐々に形作られていく。

……人型？

高さはわたしと変わらない。二本足で立ち、両腕がある。頭には変なフードを被っている。

どこかで見覚えがある。わたしは目をこすって、もう一度見る。

まずは足。どこかで見たことがあるような大きな靴を履いている。わたしは自分の足と見比べる。似ている。そして、視線を上げて、胴体を見る。太ったような、もっこりしたお腹。わたしは自分のお腹に手を触れる。似てる。

次に胴体から左右に伸びる腕から手を見る。手には見覚えがあるクマの顔がある。わたしは自分の手を見る。クマさんパペットに似ている。そして、そのクマさんパペットの口にはわたしのクマさんパペットと同じようにナイフがちゃんと咥《くわ》えられている。

最後に視線を一番上に向ける。頭はフードを被り、そのフードには可愛らしいクマの顔がある。

結論から言おう。どう見ても、わたしだよね。

「ロージナさん、自分と戦うの？」

「知らん。俺も初めてだ。多くの試練を見てきたギルマスのほうが詳しい」

「俺も知らないぞ。自分を相手にするなんて見たことも聞いたこともない」

ロージナさんとタロトバさんも知らないみたいだ。

土と魔力でできているとはいえ、もう一人の自分がいるって気分がいいものじゃないね。自分と戦えとか趣味が悪い。

たまにゲームや漫画に現在の自分を超えるため、自分とそっくりな相手と戦う話があるけど。

もしかして、わたしに、今のわたしより成長しろとか、言っているわけじゃないよね。

そもそも問題は、目の前にいる偽物のわたしが、どこまでわたしのことを模写してるかだ。

わたしの装備は神様からもらったチート装備だ。いうなれば神の防具だ。

そのクマ装備を、そのままコピーできるとは思えない。

それにわたしがゲームで手に入れた戦闘技術も、どこまでコピーしているのか疑問だ。

もし、わたしの全ての力をコピーしているのなら、最悪の相手になる。

わたしが見ていると、コピーがゆっくりと動き出す。頭の中でコピーのわたしって言うにも違和感がある。偽わたし、と命名させてもらう。

偽わたしはクマさんパペットで持っているナイフをゆっくりと構える。動くと思った瞬間、偽わたしはわたしに向かって駆け出す。

まずはどれくらいわたしのことをコピーしているか調べさせてもらう。

動きは速い。お互いの間合いが詰まる。偽わたしが、右手に持つナイフを突き出す。わたしは右に躱《かわ》す。するとすかさず、偽わたしの左手に持つナイフがわたしに迫ってくる。わたしはくまゆるナイフで防いで後方に下がる。

意外と二刀流を相手にするのは面倒かもしれない。

武器が一つなら、一つに注意すればいい。でも、2つ同時に注意するのは、それだけ思考が持っていかれる。戦いが面倒くさくなる。

しかも、攻撃が速いときたものだ。

わたしも、こんなに速いのかな？


それから数度の斬り合い、打ち合いをする。お互いにナイフを振る。お互いに避ける。そんな動きにくそうな変な格好をしているのに、ギリギリのところで攻撃が躱される。

足捌《さば》きの、ナイフの扱い、どうしてそんな動きができるのよ。そんなクマの格好をしているくせに。

偽わたしに文句を言うと、自分にブーメランのように返ってくるような気がするので、偽わたしの悪口はほどほどにしていく。

これって、動きもわたしの真似をしているのかな。

自分自身の動きって、実際に見たことがないから、どんなふうに戦っているか分からない。

もし、わたしの動きをトレースしているなら、過去の3試合でわたしの動きを情報収集されたのかもしれない。

自分の体重やスリーサイズは把握されていないことを祈る。

でも、今まで戦ってきた中で一番面倒な相手なのは間違いない。

わたしたちはお互いに、距離を取る。

とりあえず、魔法が使えない今は接近戦で戦うしかない。


一呼吸したわたしと偽わたしの攻防が再度始まる。

突く、避《よ》ける。斬り、避ける。偽わたしのナイフを避けたとき、予想外の攻撃をしてきた。

クマ足が横から飛んできた。

「ちょ」

わたしはお腹にぎりぎり当たるところで躱す。そして、逃げるようにステップをして後ろに下がる。

「ちょ、蹴りは反則じゃない！」

わたしは偽わたしに向かって叫ぶ。もちろん、返答は返ってこない。だから、文句を言う相手を変える。

「ロージナさん、タロトバさん。相手は蹴りはありなの？」

「そんなことを俺に言われても」

「人型なら、蹴りぐらいしてくるだろう」

「自分がダメで、相手はいいって、不公平じゃない？」

「ダメとは言っていない。分からないと言っただけだ。あくまで武器の試練だからな」

武器の試練ってことぐらいわかっているけど。自分のコピーは武器を使って、さらには蹴りを使って、わたしが使えないのは不公平だと思う。それとも、殴ったり蹴ったりしてもいいのかな？　でも、使った瞬間に試練が終わっても嫌だし。卑怯《ひきょう》だ。

これで偽わたしが魔法でも使ってきたら、ズルいを通り越して、反則だ。でも、幸いに今のところ魔法は使ってこない。

だけど、自分のコピー相手にハンデってやばいかも？

距離をあけて、どうしようかと考えていると、偽わたしの右腕が上がる。そして、腕が振り下ろされる。

わたしはとっさに右に躱す。ナイフを投げてきた。

「ちょ」

わたしが文句を言おうとすると、偽わたしの右手には新しいナイフが作りあげられ、握られている。

それって、反則じゃない？

「ロージナさん！　タロトバさん！」

「トカゲが鱗を飛ばしてくるのと同じことだろう」

卑怯だ！　と叫びたいけど、自分は神様防具を身に纏《まと》ったチートの塊なので、文句も言えない。

「そうだけど」

偽わたしが左右の手に持つナイフを投げてくる。

わたしは躱し、間合いを詰めようとするが、偽わたしの手には、再生されたナイフが握られ、何度も投げてくる。わたしのほうは2本だ。しかも、投げたらそこで終了だ。無限投げナイフって卑怯だと思う。

わたしのコピーならコピーらしく、ナイフ2本で戦えって言いたくなる。

このままでは、魔法が使えず、ナイフを投げることもできないわたしのほうが不利だ。

わたしはナイフを避けながら偽わたしとの距離を詰める。

わたしが勝つにはナイフが届く至近距離で戦うしかない。偽わたしのナイフをしっかり見る。

ナイフが飛んでくる。

ちゃんと見ろ。

わたしは走りながらナイフを叩《たた》き落とす。

これでナイフの再生まで、間合いを詰められる。偽わたしは律儀にナイフは2本までしか作らない。

だから、どうしても、その間に隙ができる。

その隙に間合いを詰める。

わたしは一気に間合いを詰めると、偽わたしに斬りかかる。偽わたしはナイフを握っており、受け止められる。

斬ることができない。

角度が悪かった？

いや、相手のほうが上手だった。

わたしのミスリルナイフの角度をずらした。

多分、普通なら斬れたはずだ。

偽わたしが反撃してくる。

わたしはナイフを受け止め、受け流し、斬りかかる。あるときは突き刺す。動きが読まれているような気がするし、当たったと思っても、防がれる。

偽わたしがナイフを振り下ろす。振り下ろされる前に偽わたしの腕を、腕で受け止める。胴体ががら空きになる。そこに反対側の手に持つくまきゅうナイフを突き出す。でも、偽わたしはそれさえも躱す。

逆に偽わたしは左手で持つナイフをわたしに向けて斬りかかる。それを今度はわたしが躱す。

そして、お互いに距離をとる。

「ふ〜」

わたしは息を静かに吐く。偽わたしは無表情だ。もしかして、体力は無限？　っていうか、魔力で動いているんだよね。それって魔力が尽きるまで、動き続けるってことなのかな？

卑怯を通りすぎて、チートだね。

自分と戦うのはこんなにイラつくものなんだね。

何より自分と戦うことが、こんなに厄介《やっかい》とは思わなかった。


わたしは偽わたしを見る。

でも、だいたい分かった。どうやら偽わたしは、3戦までのわたしの力をコピーしている。それ以上の力は発揮できないみたいだ。それでも、十分に脅威だった。

だから、もう楽しもうとするのは終わりにする。わたしは身体強化を行い、さらにくまゆるナイフとくまきゅうナイフに、魔力を注げるだけ注ぎ込む。

わたしは足に力を込める。そして、この4戦で最速の動きで、一気に偽わたしとの間合いを詰める。偽わたしはタイミングを合わせて、ナイフを振り下ろそうとする。わたしはくまきゅうナイフで受け止め、くまゆるナイフを横に振る。偽わたしはナイフで受け止めようとするが、ナイフが斬れる。元は土、魔力で硬化されているだけ。それ以上の魔力を注いだくまゆるナイフで斬れば、わたしのナイフが勝つ。

そして、偽わたしより速く動く。

それでも、偽わたしはギリギリのところで反応する。

でも、少しずつ、遅れている。

ここだ！

くまゆるナイフとくまきゅうナイフに魔力を込める。

偽わたしがナイフで防ごうとする。

今度は角度も速度もバッチリだ。

偽わたしのナイフを斬り、そのままの流れで腕を動かし、偽わたしのぷっくり膨らんだお腹を斬った。

よし、そのまま攻撃を仕掛けようとするが、偽わたしの動きが止まる。

「……」

わたしは手を止める。

偽わたしは崩れ落ち、土に還《かえ》った。

どうやら、人としての致命傷を与えれば終わりだったみたいだ。

勝ったけど、自分に似たものを斬るって、あまりいい気分じゃないね。

何より、疲れた。

440 クマさん、フィナを救うために頑張る　試練5戦目

　まさか、自分と戦う羽目になるとは思わなかった。

　1戦目は魔力で硬化されたゴーレムとの試合。

　2戦目は5体の甲冑騎士《かっちゅう》。複数の相手との戦い。

　3戦目はオオトカゲ。大型魔物。

　4戦目は予想外の自分自身のコピー。

　でも、最後の試練ってなんだろう。想像もつかないけど、大きな魔物かな。わたしが複数現れるのだけはやめてほしい。赤クマ、青クマ、黄クマ、緑クマ、ピンククマに、黒クマ、白クマ、とか戦隊クマが出てきたら、魔法を使って、暴れるかもしれない。

「嬢ちゃん、大丈夫か？」

　わたしが変な想像をしているとロージナさんが声をかけてくる。

「うん、大丈夫だよ」

「じゃが、よく自分自身を倒したな」

「ギリギリだったけどね。ガザルさんが作ってくれた武器の差だったかもね」

　魔力が込められた土魔法で作られたナイフを斬ることができたのは、ガザルさんのナイフのおかげだ。

「謙遜《けんそん》するな。嬢ちゃんの動きを見れば、どれほどの実力を持っているか分かる」

「そうだな。ここで多くの試練を見てきたが、嬢ちゃんは、どの冒険者よりも強い。もっとも、その姿からは想像もできないがな」

まあ、わたしの格好はクマの着ぐるみだ。強いと思う者はいないはずだ。

逆に、わたしの格好を見て、「あいつは強いぞ」と思う人がいたら、見てみたいものだ。

「嬢ちゃん、まだ戦えるか?」

「大丈夫だよ。本当はもう少し休みたかったけど、次が始まるみたいだよ」

奥のほうの地面が光りだし、最後の5戦目が始まるみたいだ。

ロージナさんとタロトバさんは邪魔にならないように、わたしから離れる。

地面に円形の魔法陣が浮かび上がり、光りだすと、薄白い壁が現れる。次の試練はこの薄白い壁?

魔力で作られたような壁だ。クマさんパペットで触れてみる。薄いような厚いような、壁の厚みはわからない。でも、体は通り抜けることはできない。

わたしは壁に手を触れながら、壁をぐるっと回って、大きさを確認する。壁は4畳半ほどの大きさがある。壁の奥を見ると、薄白い壁の先に壁が見え、さらにその奥にも壁が見える。
1、2、3、4、5。はっきりとはわからないけど。たぶん、壁は5枚ある。五重の防壁だ。
この5枚の壁を壊せばいいのかな?

「ロージナさん、これを壊せばいいの?」

「ああ、それを武器で壊せば終わりだ。でも、ただの壁じゃないぞ。嬢ちゃんの力、そして、その持っているナイフの力を全て出し切らないと、斬ることはできないぞ」

ロージナさんの代わりにタロトバさんが答える。最後は簡単みたいだ。てっきり、もっと凶悪な相手が出ると思ったけど、思いのほか、簡単な試練だった。

純粋に武器の力とわたしの力を試すってことなのかな？

まあ、クマレンジャーが出なかっただけ、よしとする。

わたしは壁からナイフが届く間合いに離れようとしたとき、壁の内側の地面が動く。よく見ると人が倒れているように見える。それが、ゆっくりと動く。

「……ここはどこ？」

壁の中から聞き覚えのある声がする。

わたしはほんのりと光った、薄白い壁に近づく。薄白い魔力の壁のせいで、ハッキリと分からないけど、わたしがよく知っている輪郭で、よく知っている声だ。

「フィナ？」

防壁の中にいるのはフィナだ。

「ユナお姉ちゃん？」

やっぱり、フィナだ。

「ユナお姉ちゃん。ここはどこ？　それにこの白い壁は？」

フィナは立ち上がって、光の壁を触る。

「ここは試しの門の中だよ。フィナはどうして、自分がここにいるのか分かる？」

「えっと、さっきまでルイミンさんと一緒にいて……それから、うぅ、思い出せないです」

フィナは頭を抱えてる。自分がここにいる理由がわからないようだ。

でも、どうやって、フィナをここに？　一緒にいたルイミンは大丈夫なの？

考えられることは魔法で強制的に転移だけど、そんなことができるの？

1年分の魔力を使えばできるってこともあり得るかもしれないけど。

「ユナお姉ちゃん。どうして、わたしはここにいるんですか？」

「たぶんだけど、わたしの試練に巻き込まれたみたい」

「試練ですか……」

壁の中にいるフィナが立ち上がり、壁に触れる姿がある。

声が不安そうにしている。

「うん、最後の試練のときに、フィナが現れたんだよ」

「そうなんですね。でも、どうやって出るんですか？」

フィナは壁の中をウロウロと歩いて、出口を探すが、見つからないようだ。わたしも、一周したが、出入り口はなかった。考えられることは、これが試練で、わたしが魔力で作られた壁を壊すことで、フィナを救うみたいだ。

わたしは魔力で作られた壁をあらためて見る。

壁は薄白く、その向こうにはうっすらとフィナの姿が見えている。

簡単にフィナを救い出す方法がある。

「ロージナさん、魔法を使えば試練は終了するんだよね」

「ああ、クリアできずに試練は終わる。嬢ちゃんが自由に決めて構わない。でも、危険がなければ、挑戦してほしい」

「ユナお姉ちゃんの試練なの？」

「フィナをこの壁から救うのが試練みたい。でも、魔法は禁止されているから、魔法を壁に当てれば、すぐに試練が終わって壁はなくなるよ」

魔法を使うのが一番早くフィナを救い出す方法だ。

こんなわけが分からない茶番に付き合うこともない。

「ユナお姉ちゃん、わたしは大丈夫だから、試練を続けて。ユナお姉ちゃんなら、できるよ」

「フィナ……」

「別に危険はないみたいだし、ユナお姉ちゃんの邪魔はしたくないし、手伝いができるなら嬉しいから」

「いいの？」

「うん。ユナお姉ちゃんを信じるよ」

わたしは考え、フィナの気持ちをありがたく受け取ることにする。

「わかった。試練をクリアして、フィナも助けてあげるから。少し待っていてね」

「うん」

「それじゃ、危ないから壁から少し離れて」

フィナが壁から離れるのを確認すると、くまゆるナイフとくまきゅうナイフを強く握りしめる。そして、魔力を込めて左右に振る。一枚目の壁が壊れる。フィナに一歩近づく。

「ユナお姉ちゃん」

「大丈夫だよ。すぐに助けてあげるから」

フィナを不安にさせないように優しく言う。

早く、この壁を壊して試練をクリアして、フィナも救い出す。

わたしは2枚目の壁も斬り裂く。

そして、すかさずに3枚目の壁に向けてナイフを振り下ろす。でも、魔力の壁に弾かれる。

「嬢ちゃん、慌てるな。時間はある。落ち着け」

ロージナさんが慌てるわたしに注意をする。

確かに、フィナを早く助け出そうという気持ちが先走って、ナイフの扱いが適当になっていたかもしれない。わたしは一度下がって間合いを確認して、くまゆるナイフとくまきゅうナイフを交互に振り下ろす。３枚目の壁も消える。

あと2枚だ。徐々に壁が硬くなっているようだけど、このまま落ち着いて挑戦すれば大丈夫なはずだ。

わたしが落ち着きを取り戻したとき、壁の中にいるフィナが慌てる。

「えっ、なに？　水？」

「フィナ、どうしたの!?」

「地面から大量の水が出てきて」

視線を下に向けると薄白い壁の下のほうから水のようなものが湧き出ているのが、わたしのほうからもわかった。

「ユナお姉ちゃん！」

もう、試練どころじゃない。

水が増えればフィナが溺《おぼ》れるかもしれない。２ｍほどの天井まで水が届けば、フィナが危険になる。

もう、試練は終了だ。ここまで、付き合うことはない。

「魔法を使って、すぐに助けてあげるから」

「ユナお姉ちゃん。まだ、大丈夫だよ。だから、頑張って」

水は膝ぐらいまで来ているのに、フィナはわたしに試練を続けるように言う。自分のことより、他人を大事にする気持ちは大切だけど。わたしだって、自分の試練より、フィナのほうが大切だ。

「ユナお姉ちゃん……」

わたしは考える時間ももったいないので、クマさんパペットに魔力を集める。試練に失敗するより、フィナを怖がらせるほうが嫌だ。わたしはクマさんパペットに集めた魔力で、火の玉を飛ばす。これで、試練は終わる。クリアはできなかったけど。これでいい。フィナを怖がらせてまで、やるようなことではない。

火の玉が壁をぶつかろうとしたとき、予想外のことが起きる。火の玉は壁を通り抜けて、フィナの横を通り抜けていく。

「フィナ！」

「だ、大丈夫だよ」

わたしは安堵《あんど》する。そして、フィナには右の壁に移動してもらう。わたしは反対側のフィナに危険が及ばない範囲に風の刃などを放つ。でも、風の刃も光の壁を通り抜けていく。

魔法は通り抜けるが、壁は壊れないし、試練も終了しない。

魔法を使えば反則負けで、試練は終了するんじゃなかったの!?

他の魔法を使って試そうとしたが、風魔法と同様のことが起これば、中にいるフィナを危険に晒《さら》すことになる。

それなら、打撃で壊す。

わたしは壁に向かってクマパンチするが、光の壁に阻《はば》まれる。

壊れない。

「ロージナさん！　タロトバさん！」

「分からん」

「嬢ちゃん！　魔法がダメなら、ナイフで斬るんだ。嬢ちゃんなら、できるだろう！」

「ユナお姉ちゃん！」

そうだ。武器の試練なら、武器で壊すしかない。

わたしはナイフを握る。そして、魔力を込めて、４枚目の壁を壊す。

よし、あと一枚だ。

わたしはそのまま、時間をかけずに最後の５枚目の壁に斬りかかる。でも、最後の壁にくまゆるナイフが弾かれる。さらに左に持つくまきゅうナイフを振り下ろすが、同じように弾かれる。

硬い。硬いっていうよりは、ゴムのような壁に弾かれるって感触だ。

わたしは何度もナイフを振り下ろす。

どうして、斬れないの。壊せないの？

壁はさらに魔力で増幅されたように白くなり、壁の中にいるフィナの様子がわからなくなる。

でも、水が増えているのはわかる。

「嬢ちゃん、落ち着くんだ。そんな乱れた心でナイフを振っては、斬れるものも斬れないぞ」

そんなことを言っても、フィナが。

「まだ、時間はある。深呼吸して落ち着け、そして、ガザルの作ったナイフを信じろ。そして、嬢ちゃんのナイフの腕を信じろ。そのどちらが欠けてもダメだ」

わたしは体の力を抜く。そして、深呼吸する。

水かさは増えている。でも、まだ大丈夫だ。

フィナ。今助けるからね。

左右のくまゆるナイフとくまきゅうナイフに魔力を込める。足に力を入れる。クマさんパペットが咥《くわ》えるナイフを力強く握る。ナイフを構える。踏み込む足に力を、ナイフを振るう腕に力を、腰に回転を、ナイフの角度、最高の攻撃を壁に向けてナイフを振り下ろす。光の壁に×《クロス》が走る。

弾かれる感触はない。光の壁を切り裂いた。

光の壁が壊れる。

「フィナ！　……えっ？」

光の壁は壊れ、水も消え、そして、フィナだと思っていたものも消える。光の壁の先には何もなかった。

どういうこと？

もしかして、騙《だま》された？

落ち着いて考えれば、魔法陣にナイフを刺せば終了したんだよね。

なにか、いろいろと騙された気分だ。

441　クマさん、賞品を手に入れる

光の壁を壊した先にフィナはいなかった。

初めはホッとしたけど、徐々に騙《だま》されたことへの怒りが湧き出てくる。

「ロージナさん！　なんなの、今の試練！　もしかして喧嘩《けんか》売ってる？」

「俺に言われても知らん。そもそも、そんな試練があったことは知らなかった。壁を武器で壊す試練は見たことがあるが、今回のように人が閉じ込められているのは初めてだ。でも、ギルマスのタロトバは知っていたようだぞ」

「そうなの？」

わたしはロージナさんからタロトバさんへと視線を移す。

「ああ、過去にも同様の試練が起きたからな」

「なら、どうして、教えてくれなかったの？　そしたら、こんなに慌てるようなことはなかったのに」

「試練だから、言うわけがないだろう。武器の性能、使い手の技術、最後に武器を扱う心の試練だ。どの一つが欠けてもクリアすることができない。教えたら試練の意味がなくなるだろう」

「それはそうだけど。あれは酷《ひど》いんじゃない？」

フィナを人質に取るなんて、わたしにとって、最悪の試練だ。

思い出しただけでも、怒りが湧いてくる。この怒りはどこにぶつけたらいいんだろうか。

「誰もに現れるものじゃない。優秀な武器、優秀な使い手が現れたときに心を試される。俺も長年見ているが二度しかない。嬢ちゃんは試しの門に認められたってことだ。喜ぶところだぞ」

喜ぶ人なんているの？　大切な人が人質に取られていて、頑張って救い出したら、「嘘《うそ》でした〜」とか言われても腹が立つだけだと思う。

今のわたしの気分は最悪だ。暴れたい気分だ。

「自分の大切な者が今回のように捕らわれるかもしれない。そのときに冷静に対処できるかが試されたのだ。武器がよくても、心が乱れれば武器の本来の力を発揮することはできない。そのための試練だ」

誰だって、大切な人が捕われることがあれば、慌てるのはしかたないんじゃない？

人の心はそんなに強くない。大切な人が目の前で死にそうになれば慌てる。それで冷静になれって、どんな修行僧よ。普通の人には無理だよ。魔法を使えば試練も終わるかと思ったら終わらないし。いろいろと慌ててしまった。

「それにしても、嬢ちゃんはあの上にいる嬢ちゃんのことが大切なんだな。普通は家族や恋人が現れそうなものなんだがな」

「フィナは大切な妹のような存在だからね」

両親を大切と思ったことはないし、恋人もいない。だから、わたしの両親が現れることはない。現れるとしたら、わたしのことを理解してくれた祖父ぐらいかもしれない。この世界に来て祖父にだけは悪いと思っている。

フィナが大切な存在になっているのはそうだけど。くまゆるやくまきゅう、ノア、シュリも大切な存在だ。そう考えるとこの世界に来て、大切に思う人が増えたと思う。出会った人たちはみんな優しいし、守りたいとも思う。なにより、一生懸命に生きている。娘に金をせがむようなわたしの両親とは違う。

「妹でも大切な存在がいることは良いことだ。それだけで強くなれる。冒険者のような危険な仕事をしていると、自分の命をないがしろにする者が多い。帰ってくる場所に大切な者がいることは大切だ。生きて帰ってこようという気持ちになる」

ギルマスであるタロトバさんの言葉には重みがある。きっと、タロトバさんは多くの武器職人と冒険者を見てきたのだろう。

帰ってくる場所。……そう考えると、わたしが帰ってくる場所は、フィナがいる場所になっているのかもしれない。

「ちなみにそのわたし同様の試練を行った人はどうなったの？」

わたし同様に怒らなかったのかな。普通なら怒るよね。

「もちろん、秘密だ。おまえさんも、他の者に話されたくないだろう」

うぅ、確かに。話は聞きたいけど、自分のことを話されるのは嫌だ。そんなことになれば、二度とこの街に来られなくなる。

「それに、試練の内容は話してはいけない規則だからな」

そういえばそんな規則があったんだっけ？

「試練の内容が前もって知られていたら、試練にならない。だから、試練の内容は誰にも話してはいけないという規則が作られた」

まあ、前もって内容がわかっていたら、対策もできるだろうし、試練にならないか。答えがあらかじめ分かっていたんじゃ、試練の意味がない。

だから、ロージナさんやガザルさん、ゴルドさんも話さなかったから、リリカさんは試練の内容を知らなかったわけだ。

「だから、嬢ちゃんもこの中で起きたことは誰にも話してはいけないぞ」

「上で待っているフィナたちにも？」

言いふらすつもりはないけど、待ってくれているフィナたちには話してあげたい。

「そうだ。あの小さい嬢ちゃんたちだって、大きくなったら、冒険者になり、試しの門に挑戦するかもしれないからな」

フィナが冒険者ね。

想像してみるが、似合わない。家庭を守っているほうが似合う。でも、解体技術はあるんだよね。武器は振るえなくても、魔法で戦う冒険者になる可能性もある。それでも、フィナが魔物と戦う姿は想像ができない。

まあ、ようは試練を受けることになりそうな人には話してはいけないってことみたいだ。

「タロトバ、話はここまでだ。賞品が出るみたいだぞ」

「賞品？」

ロージナさんが親指をクイクイとする。ロージナさんの親指の先を見ると、魔法陣が光っている。魔法陣は今までと違う場所にある。

武器を確かめる魔法陣。試練が出てくる魔法陣。最後に目の前の光っている魔法陣だ。

「賞品って、なにかもらえるの？」

賞品がもらえるなら、初めに言ってほしかった。そしたら、タイムアタックとか頑張ったのに。賞品に試練のクリア時間が関係していたら、悔しい。

「そんなに嬉しそうにしても、たいしたものはもらえないぞ」

そうなの？

まあ、レアアイテムとかは望んでいないけど、使えるものだったら嬉しいな。

「賞品は鉄だ。その鉄を使って、次回の試練に向けて頑張れという意味が込められている」

なんだ〜。鉄か。鉄ならアイアンゴーレムの素材を持っているから、いらないかな。鉄をもらっても使い道がない。

ガザルさんのお土産にすればいいかな？　ガザルさんのナイフで参加したわけだし。

「もしかして、特別な鉄だったりする？」

「しない。ごく普通の鉄だ。ただ、不純物が混じっていないから、鍛冶《かじ》職人には、最高の賞品ともいえる」

残念ながらわたしは鍛冶職人ではない。

せめて、ミスリルナイフで参加している人ならミスリルがもらえたりしないのかな？

わたしがそんなことを口にすると、出ないそうだ。残念。

光る魔法陣のところにやってくる。光が徐々に消え、魔法陣の中心に予想外のものが現れる。

「なんだ、あれは？」

タロトバさんが目を細めるように現れた物体を見る。

わたしは目をゴシゴシと擦《こす》る。

最近、目が悪くなったかな。テレビも見ていないし、ゲームもしていないし、夜に漫画や小説も読んでいない。早寝早起きの規則正しい生活をしている。たまに一日中ゴロゴロすることもあるけど、基本、目が悪くなるようなことはしていない。

わたしたちは謎の物体がある魔法陣の中心に近寄る。

「クマだな」

「ああ、クマだな」

2人が言う通り、魔法陣の中心にはクマの置物があった。

大きさはわたしの店にあるぐらい大きい。

ロージナさんとタロトバさんはクマの置物に触れる。

「クマの鉄だな」

「間違いなくクマの鉄だな」

鉄でできたクマだ。

形はなぜかデフォルメされたクマだ。わたしがお店で作ったクマの置物の形をしている。

考えられることは、わたしの記憶を読んだとか？　わたしの記憶を読んでつくられたフィナは、わたしを騙すほど似ていた。クマの置物ぐらい簡単に似せて作ることができるのかもしれない。でも、なぜにクマ？

「もしかして、鉄の形って、人によって違うの？」

「基本、形は違う。不規則な形で出てくる。こんなに形がはっきりしているものは初めてだ」

「しかも、大きいな。こんな大きな賞品は見たことがないぞ」

鉄のクマはくまゆるやくまきゅうほどの大きさがある。

「それだけ、嬢ちゃんの試練が特別だったわけか」

「まあ、あれだけの試練だったからな」

「だが、これ、どうやって動かすんだ。どけないと次の試練ができないぞ」

ロージナさんとタロトバさんのドワーフ２人で動かそうとするが鉄クマはびくともしない。

まあ、移動させるだけなら、簡単だ。

「大丈夫だよ」

わたしが鉄クマに触れるとクマボックスの中に消える。

クマボックスは万能だ。

「その変な手袋はアイテム袋になっているのか？」

変って酷い、クマさんだよ。まあ、わたしも初めてのときは変だと思ったけど。他人にクマのことを変と言われると、反抗心が出てくる。

わたしが文句を言おうとしたとき、周囲の光が徐々に消えるように薄暗くなる。

タロトバさんが周囲を見て、声をあげる。

「まさか、試しの門が閉まるのか！　たったの一回だぞ」

「それだけ嬢ちゃんの戦いが魔力を消耗させたってことだろう」

「なに、他人事のように言っている。今日から試しの門に挑戦するために何十人という武器職人や冒険者がやってくるんだぞ。どうするんだ！」

「そんなことを言われても俺は知らんぞ」

「おまえさんが嬢ちゃんを連れてきたんだろう」

「ちゃんと、おまえさんの了承は得たぞ」

醜い、責任のなすり合いが始まる。

「そうだが、こんなに凄い嬢ちゃんだと思うわけないだろう。クマの格好をしているんだぞ。小さい女の子なんだぞ。武器はナイフなんだぞ」

わたしクマだけど、小さくないよ。

「くそ、ロージナもなにかアイデアを出せ！　制限時間は上の部屋に戻るまでだ」

タロトバさんは頭を抱えながら、歩きだす。そのあとをわたしとロージナさんが追う。

442 クマさん、魔石に魔力を込める

「だが、アイデアを出せと言われても、正直に言うしかないだろう」

「クマの嬢ちゃんが試しの門に挑戦したら、1回で試しの門が閉じたと言うのか？　そんなことを言ったら俺の頭がおかしいと思われるぞ」

タロトバさんとロージナさんが振り返り、後ろを歩くわたしのことを見る。

「それは同感だな。挑戦したがすぐに負けた、ならわかるが」

「そんなクマの格好をした女の子がゴーレムと戦い。甲冑《かっちゅう》騎士、数体と戦い。3戦目ではオトカゲと戦い。自分のコピーと戦い、魔力の壁を壊したら、試しの門の魔力が尽きたと言っても誰も信じない」

酷《ひど》い。

2人とも、本人が目の前にいるのに言いたい放題だ。でも、わたしとしても話されると困る。それに、2人が言うとおりに、わたしが凄《すご》い試練を乗り越えて、試しの門の魔力を使い切ったといっても、誰一人信じないだろう。

いつも思うけど見た目って大切だよね。

「それに誰が作った武器かって疑問になる」

「それはロージナさんが……作ったことにはできないよね？」

「ロージナが武器を作っていないことは鍛冶《かじ》職人たちには知られている。だから無理がある」

「それじゃ、本当のことが言えないなら、あとは嘘《うそ》を吐《つ》くしかないんじゃない？」

「それが問題だ。皆がそれなりに納得して、俺に被害がない方法だ」

この人、逃げる気だよ。まあ、タロトバさんは悪くない。もちろん、ロージナさんが悪いわけでもないし、わたしも悪くない。まさか、試しの門の魔力が切れるとは誰も思わない。悪いのは魔力を消耗するこんな試しの門を作った人物だ。

でも、皆が納得して、ギルマスであるタロトバさんに迷惑がかからない方法か。そんな上手い方法なんてあるのかな。

しかも、考える時間はそれほどない。

「試しの門が閉まったら、出られないの？」

「すぐに閉まることはない。ただ、どれほどの猶予があるかはわからない。普通は試練の終了が終わりを示したら、すぐに出るようにしている。閉じ込められたりでもしたら、困るからな」

そうだよね。試しの門が閉まるというのに残るバカはいない。普通は出るだけだ。

「それじゃ、高ランク冒険者が挑戦したら、魔力切れを起こしたことにするとか？」

「普通、高ランク冒険者が見習い鍛冶職人の武器を使って参加なんてしないだろう。それにそんな冒険者がいれば話題になる。誰かと追及されても、答えることができない」

考えても否定の言葉ばかりが返ってくる。

それなら、魔物が現れたことにしたらと思ったけど、冒険者が討伐に集まってくるだけだ。試しの門に挑戦する冒険者はたくさんいる。それに扉が開かなくなる理由が説明できない。

「それじゃ、洞窟《どうくつ》が崩れたことにすればいいんじゃない？　洞窟が崩れて通れないことにすれば中に入れないし。なんなら、わたしが魔法で壊そうか？」

「やめてくれ」

タロトバさんは本当に嫌な表情をする。

「別に本当に壊すわけじゃないよ。ちょこっと、入り口から見える程度に」

試しの門の扉がいつ完全に閉まるか分からないけど、数人に見てもらえれば、広まるはずだ。

「それに、崩れた洞窟を補修する話になれば、すぐにバレるぞ」

まあ、洞窟が塞《ふさ》がったとなれば、修復が必要だ。見せかけの崩壊じゃ、見ればすぐにバレる。

「そこはギルマスが一人で直すとか、言って」

「そもそも、扉が閉まっては修復なんてできないだろう」

「それに、扉が閉まる理由にはならない」

わたしの考えをタロトバさんもロージナさんも否定する。人が一生懸命に考えているのに。

「それじゃ、どうするの？」

タロトバさんとロージナさんは階段を上りながら考え込む。

本当に考えているのかな、このおじさんたち。タロトバさんにしろロージナさんにしろ、この手の人たちは誤魔化すことは苦手そうだ。それとも、わたしが悪どいのかな？

「それなら、魔力って注ぐことはできないの？　この試練って魔力で動いているんでしょう？　なんならわたしが魔力を注ぐけど」

わたしの魔力はたくさんあるみたいだから、見習い鍛冶職人の試練なら、数回ぐらいならできるかもしれない。

「……」

「……」

わたしの言葉にタロトバさんとロージナさんが顔を見合わせる。

「わたし、変なことを言った？」

「魔法陣を使って、この地形に集まる魔力を1年かけて集めているんだぞ。一人が魔力を注いだぐらいで、どうにかなるわけがないだろう」

「まあ、そうだけど。魔力には少し自信はあるから、見習い鍛冶職人数人分ぐらいの試練ならできそうかなと思って。数人分できれば、誤魔化すこともできるかなと……」

「確かに、数人分でも、試練を行うことができれば、誤魔化せるかもしれないな。今年は集まった魔力が少なかったとか」

「それに過去にも1日で閉じたこともあったしな」

わたしの新しい案にロージナさんとタロトバさんが考え込む。

「そもそも、魔力の補充なんてできるのか？」

「したことがないから、分からん」

分からんって。まあ、したことがなければ分からなくてもしかたないけど。

まあ、作る人と管理する人、使う人はみんな別だからね。ゲームを作った人、ゲームを売る人、ゲームで遊ぶ人、ぐらいに違いはあるのかもしれない。わたしだって、ゲームのシステムのことを聞かれても分からない。

でも、誰がこんな魔法陣作ったんだろうね。わたしも魔法陣とか作れないのかな。魔法陣が作れるスキルとかあったら便利なんだけど、そんなスキルは覚えていない。

「でも、本当に嬢ちゃん、魔力は残っているのか？　あれだけ魔力をナイフに注いで、壁を壊しただろう」

わたしは魔力を手に集めてみる。

「大丈夫だよ。まだ、残っているよ。それに試しの門が閉まりそうなのは少なからずわたしの試練のせいみたいだし、魔力を注ぐぐらい問題はないよ」

「嬢ちゃんが気に病むことはない。悪いのはそこのオヤジだ」

タロトバさんがロージナさんを軽く睨む。

「おまえさんは俺よりも多くの冒険者を見てきたのに、嬢ちゃんの実力も分からなかっただろう」

「分かるわけがないだろう。どっから見ても、クマの嬢ちゃんは強いようには見えん」

２人が睨《にら》み合う。

ドワーフは頑固な人が多いのかな。

わたしは小さくため息を吐く。

「それで、魔力は注ぎ込むことはできるの？　できないの？」

できないなら、この話自体が無駄になる
「ああ、それっぽい場所はある。確かめてみる価値はある」

タロトバさんは少し歩みを早め、階段を上っていく。それと同時に徐々に暗くなってくる。本当に魔力が切れるみたいだ。これは急がないといけない。

階段を上がり、通路を進むと目の前に扉がある。わたしたちが入ってきた扉だ。試しの門の入り口でもある。

でも、タロトバさんは左に歩きだす。

「こっちだ」

少し歩くと、岩壁にドアがある。

「ロージナはここで待っててくれ。本当はギルマスである俺しか入れない場所だ。嬢ちゃんは今回だけ特別だ」

「分かった」

ロージナさんをドアの前に置いて、部屋の中に入る。洞窟に横穴を掘ったようで、壁は岩肌がそのまま見える。広さはちょっとした大部屋ほどある。天井もわたしの倍の高さはある。

「嬢ちゃん、こっちに来てくれ」

タロトバさんに呼ばれて、部屋の中心に来ると、魔法陣があり、中心には魔石が嵌《は》められている。さらに魔法陣のあちらこちらにも大小を含む魔石が置いてある。

中心にある魔石が一番大きい。わたしが倒したクラーケンの魔石ほどではなかったが、十分に大きい魔石だ。魔石の色は無色で、クラーケンの魔石のように青くないみたいだ。

タロトバさんは腰を下ろし、魔石を確認する。

「やっぱり、魔力がなくなっているな」

魔石は色が濃いほど魔力があり、魔力が少なくなると色は薄くなる。

無色の魔石の場合は魔力があると透き通った綺麗な色になる。でも、魔力がなくなると曇りガラスのようになる。目の前の魔石は曇りガラスのようになっている。

「それじゃ、その魔石に魔力を入れればいいんだよね」

「ああ、頼めるか」

わたしはダブルクマさんパペットを魔石の上に乗せる。そして、両手のクマさんパペットに魔力を集めて、魔石へと注ぐ。徐々に魔石の濁りは消え、透き通るように光が戻ってくる。

それと引き換えに、わたしの体から魔力が抜けていく。思ったより、魔力を持っていかれる。

あと、コピーの自分とも戦ったし、魔力の壁も厚かった。自分が思っていたよりも魔力を消耗していたのかもしれない。

これは白クマに着替えるべきだったかもしれない。でも、さすがに人前で着替えることなんてできない。これでも、15歳の乙女である。簡易更衣室を作ったとしても、着替えたくはない。

だから、どうにか現状の魔力で足りてほしい。

わたしが魔力を込めていると、薄暗かった部屋が明るくなってくる。もしかして、現在進行形でわたしの魔力が使われている？

でも、使われているってことはちゃんと魔力が注入されているってことになる。

わたしは魔力を込め続ける。結構な量の魔力を注ぎ込んでいる。これって終わりはあるの？

少し、ふらつく。

タロトバさんが声をあげる。わたしはその声に反応して魔石から手を離す。そして、小さく深呼吸をする。少し魔力を入れすぎたかもしれない。

「嬢ちゃん、大丈夫か？」

「大丈夫。少し予想以上に、魔力を持っていかれただけ」

タロトバさんは魔石に目をやる。

「魔力なら、もう十分だ。それ以上入れると倒れるぞ」

魔石は曇りガラスのような鈍い光は消え、透き通るようになった。これでどの程度まで補充されたかわからないけど、十分みたいだ。

「だが、ありがとう。これで、少しは試練もできるはずだ。それにしても嬢ちゃんは凄いな。まさか、ここまで回復するとは思わなかった」

「役に立てたならよかったよ」

元はわたしの試練のせいだからね。

443 クマさん、宿屋に帰る

無事に試しの門に魔力を補充することができたわたしとタロトバさんは部屋を出る。扉の外ではロージナさんが心配そうに待っていた。

「どうやら、上手くいったようだな」

ロージナさんが周囲の明るくなった様子を見ながら言う。周囲はわたしが部屋に入ったときに比べて明るくなっている。ちゃんと、わたしの魔力が使われているようだ。

「これで、どうにか誤魔化すことができるだろう。問題はどのくらい持つかだけだ」

「まあ、魔力が切れたらそのときはそのときだろう」

最悪、わたしが魔力を追加する方法もあるけど、面倒なのでしたくない。

「それにしても、嬢ちゃんは魔力の量も多いんだな。それだけの魔力を持っていれば、普通は魔法使いとして生きていくから、あれほどのナイフを扱う技術は得られないはずなんだがな」

「確かにそうだな。魔力が多いってだけで、人は有利になる。だから、魔力が多い者は武器は使わず、魔法を使うことが多くなる」

まあ、遠くから攻撃をすれば安全だし、魔法を使うにしても、それなりの練習は必要だ。武器を扱う練習をする時間があるのなら、魔法を練習したほうがいい。わたしが知っている新人冒険者の女の子も、日々、魔法の練習をしている。武器の扱いの練習をすれば、魔法の練習がおろそかになる。「二兎《にと》を追う者は一兎をも得ず」ってことわざがあるぐらいだ。

だから、魔力が多い者で武器を扱う者は少ない。

それはゲームの世界でも同じことがいえる。魔法使いは剣で戦わない。

わたしの場合はソロが多かったので、魔法も武器も扱う魔法剣士がメインだった。

「それにその年齢で、あれだけの技術は簡単には身につかないはずだ」

ゲームをして身につけました。

この世界と違って、戦おうと思えば24時間できる。街の外に出れば魔物がいるし、対戦場に行けば、NPC《ノンプレイヤーキャラクター》やプレイヤーがいる。現実世界なら体力がなくなったり、怪我をしたら、しばらくは戦うことができなくなるが、ゲームなら回復薬を使えば体力は回復するし、試合が終われば怪我だって治る。だから、一日に何試合だってできる。

現実世界で怪我をしたら、治るまで練習はできなくなるし、試合すれば、体力を消耗して、立て続けにすることはできない。

たった一年のゲーム世界でも、わたしはこの世界の住人より、多くの戦いを経験している。この世界に何万の魔物を倒したことがある者がどれほどいるか。わたしほどに各種さまざまな魔物や職業の相手と戦ったことがある人物がどれだけいるか。

なにより、一番大きい差は、この世界には、わたしほど死んだ数が多い者は存在しないことだ。普通は死から学ぶことができない。でも、わたしは何度も死んで、殺されたことによって学んだことがたくさんある。それがこの世界の者とわたしとの大きな違いだ。

もっとも、その技術も力もクマ装備がなければ、この世界で発揮することはできないんだけどね。本当に嫌がらせだよね。

わたしは、自分のクマの着ぐるみの姿を見ると、ため息が出る。せめて、格好いい装備だったらよかったのに。

わたしたちが試しの門を出ると、フィナとルイミンが駆け寄ってくる。どうやら、外で待っていてくれたみたいだ。

「ユナお姉ちゃん！」

フィナが目の前にやってくる。わたしはそんなフィナをジッと見る。

「ユナお姉ちゃん？」

フィナが、わたしを不思議そうに見つめ返してくる。

「本物だよね」

「本物？」

フィナが小さく首を傾《かし》げる。

本物みたいだね。あんなことがあったばかりだと疑ってしまう。まあ、あのときは魔法の壁に映ったシルエットと声で騙《だま》されたけど。目の前にいるのは間違いなくフィナだ。

わたしはポンポンとクマさんパペットでフィナの頭を軽く叩《たた》く。わたしの意味不明の行動にフィナは困惑の表情を浮かべる。

「2人ともなにもなかった？」

いきなり、記憶をコピーされるような、不思議なことは？

「えっと、ギルド職員の方が来ました」

フィナの後ろを見ると制服を着た2人のギルド嬢がいた。そして、ギルド嬢はタロトバさんに駆け寄ってくる。

「ギルマス。どこに行っていたんですか！　来たら、ギルマスはいないし、小さい女の子がいるし、話を聞けば試しの門の中に入ったって言うし」

「ちょっと、試しの門の中を確認していたんだ」

「鍛冶《かじ》職人のロージナさんとクマの女の子も一緒にですか？」

ロージナさんを見てから、わたしのほうを見る。

「それは……」

「すまない。俺が無理を言ってお願いしたんだ。遠くから来た知り合いが、試しの門の中を見たいって言うのでな」

タロトバさんが言いよどんでいるとロージナさんが助け船を出す。そして、わたしのことをチラッと見る。なるほど、試しの門に挑戦したことは言えないから、わたしがわがままを言って、中に入ったことにするみたいだ。でも、これって、わたしのせいにならない？

「ギルマス、本当ですか？」

ギルド嬢の一人は少し怒ったようにタロトバさんに尋ねる。

「……すまない」

「わたしたちもギルマスの許可なしでは入ることが禁止されているのに、ロージナさんに頼まれたからと言って、女の子を中に入らせるのは困ります！」

ギルド嬢の怒った表情にタロトバさんはたじろぐ。

「ま、まあ、試練をしているところを見せたわけじゃないから」

タロトバさんは言い訳をするように言う。ギルマスの威厳がないね。それともギルド嬢がしっかりしているのかな。

「でも、規則は規則です。しっかり守ってください」

「すまない」

「俺からも謝罪する」

「ごめんなさい」

タロトバさんに続き、ロージナさんも謝罪するので、わたしも一緒に謝っておく。

ギルド嬢は小さくため息を吐《つ》く。

「お嬢ちゃん。この中にはギルマスの他は試しの門に挑戦する者しか入れない。わたしたちも入れないんだから。中が見たいからと言って、わがままを言ったらダメよ」

わたしが子供っぽく見えたのか、ギルド嬢は許してくれる。

まあ、わたしが試しの門に挑戦したとは思わないよね。

「ギルマスも相手が女の子だからって、規則は守ってくださいよ」

「ああ、わかった」

「それじゃ、そろそろ鍛冶職人や冒険者たちがやってくるんですから、手伝ってください」

ギルド嬢の言うとおりに、しばらくすると、あの長い階段を上ってきた鍛冶職人と冒険者たちが、建物前に並び始める。

「それでは、参加者の受付を始めますね」

ギルド嬢がドアを開けると、鍛冶職人と冒険者のペアが建物の中に入ってくる。

ギルド嬢の一人がテーブルの前で受付をし、もう一人が外で対応する。

「どうにか、無事に始められそうだな」

タロトバさんは武器職人や冒険者を見て嬉しそうにする。どちらも若く、見習い鍛冶職人と新人冒険者かもしれない。そして、受付を終えた1組目がやってくる。

「それじゃ、俺は試しの門に付き合わないといけない」

試しの門の中に入れるのは挑戦する鍛冶職人と冒険者。それから、それを見守るギルドマスターのタロトバさんだけだ。

離れようとするタロトバさんにロージナさんが声をかける。

「タロトバ、今回は世話になった。いつか、礼をする」

「礼なら、今度は自分で武器を作って、参加してくれ。それなら文句はない」

「ああ、そのときは最高の武器を作ってみせる」

ロージナさんが最高の武器を作ると言った。

もしかして、そうなの？

「ただ、その嬢ちゃんを参加させるなら、最終日だ。これだけは譲れないからな」

タロトバさんはロージナさんの言葉に嬉しそうにすると、試しの門に挑戦する1組目と一緒に扉の奥に入っていく。

タロトバさんはああ言ったが、もう、わたしは参加するつもりはない。また面倒なことが起きても困る。それに試しの門の試練は堪能した。

「ロージナさん。それじゃ、わたしも行くね」

「ああ、嬢ちゃんにはいいものを見せてもらった。感謝する。明日までに頼まれたものは作り終わるから、取りに来てくれ」

ロージナさんはしばらく残って、試練にやってくる鍛冶職人を見ていくそうだ。

わたしはフィナとルイミンを連れて帰ることにする。

「ユナお姉ちゃん、それで試しの門の試練はどうだったんですか？」

階段をポンポンと飛び降りながらフィナが尋ねる。

ルイミンはわたしから逃げるように一人で階段を下りている。わたしが一緒に下りようか？と尋ねると逃げてしまった。

「一応、全部クリアしたよ」

「ユナお姉ちゃん、凄《すご》いです。でも、どんな試練をしたかは話せないんですよね」

数段下にいるフィナが振り返りながら尋ねる。

「まあ、規則だからね」

それに偽フィナについて話すのは、気恥ずかしさがある。それに自分のコピーのこともそうだし。クマの着ぐるみvsクマの着ぐるみの戦いを想像させるのも恥ずかしい。

「詳しい内容は話せないけど。武器の性能、武器を扱う者、そして、武器を扱う者の心の試練だったよ」

わたしは規則を盾にして、細かい内容はお茶に濁しながら話してあげる。

「心の試練ですか。難しそうです」

うん、難しかったよ。

フィナが現れたときは驚いたからね。

「でも、ユナお姉ちゃんの戦いは見てみたかったです」

「それはわたしもです」

フィナの声が聞こえたのか、フィナの数段下にいたルイミンが同意する。

「ああ、そうだ。ユナお姉ちゃん、聞いてくださいよ。ルイミンさん、勝手に試しの門の中に入ろうとしたんですよ。わたしがダメって言っているのに」

「ああ、フィナちゃん、言わないでよ。中には入らなかったでしょう」

下にいるルイミンは駆け登って、フィナの口を塞《ふさ》ごうとする。

「少しだけならとか、言っていました」

「フィナちゃ〜ん」

「結局、ギルドの人が来たので入りませんでしたが。来なかったら、絶対に入っていました。止めるのが大変でした」

「だって、気になるでしょう？」

ルイミンは言い訳をするが、その気持ちは分からなくもない。わたしも知りたいから、長い階段を上って、試しの門までやってきて、ロージナさんの言葉に甘えて、挑戦させてもらった。だから、ルイミンを責めることはできない。

「それにしても、みんな、わたしたちを見てましたね」

「わたしの格好のせいだね」

わたしたちが長い階段を下りている間に数組の鍛冶職人とパートナーの冒険者とすれ違った。そのたびにわたしたちのことを不思議な目で見ていた。

「わたしも見られていたから、ユナさんだけじゃないですよ」

「うん、わたしも見られていた」

「もしかすると、鍛冶職人でも冒険者でもないわたしたちが、上から下りてきたのが不思議だったのかもね」

彼らがどんな試練になるかは分からないけど、頑張って挑戦してほしいものだ。

「2人はこれからどうする？　わたしは宿屋に戻って休もうと思うけど」

流石《さすが》に精神的に疲れたので、休みたい。

「それじゃ、わたしも戻ります」

「わたしはどうしようかな？」

ルイミンは一人、悩みだす。

「ロージナさんから、頼んでいた鍋とか受け取ったら帰る予定だから、好きなことをやっていいよ」

「今日は朝は早かったたし、わたしも帰って寝ようかな」

ルイミンが小さく欠伸《あくび》をすると、つられるようにわたしとフィナも欠伸をする。

確かに今朝は早かった。それに魔力の消耗もある。わたしも宿屋に戻ったら寝よう。

宿屋に戻ってくると、子熊化したくまゆるとくまきゅうを召喚して、ぬいぐるみのように抱いて寝ようとしたら、フィナとルイミンに取られ、一人で寝ることになった。

……寂しい。

444 トウヤ、頑張る　その１

ジェイドが起きる前に目が覚める。俺はこの数日間、初心に戻り剣を振っている。こんなに真面目に剣を振るのは久しぶりだ。そのせいもあって、夜はよく眠れる。

ベッドから降り、身支度をしていると隣のベッドで寝ていたジェイドが起きる。

「早いな」

「ああ、試しの門も始まったことだしな。何より約束まで時間がないからな」

約束は試しの門が終わるまでだ。それまでにクセロのおやっさんの試験をクリアしないといけない。

「できそうか？」

「できそうか、じゃない。やるんだろう」

「そうだな。冒険者は、諦めたらそこで終わりだからな」

「魔物に囲まれて逃げられないときと比べれば、たいしたことじゃない。なんなら、試験をクリアしたら、俺が試しの門の挑戦を代わってやろうか」

ジェイドはクセロのおっさんに頼まれて、試しの門に挑戦する。鍛冶《かじ》職人に認められたことでもある。少し悔しい気持ちがある。

でも、それがジェイドと俺の埋められない差だ。

「そうだな。トウヤがクセロさんの試験にクリアできたら、頼んでやろうか？　もっとも、それには今日か明日には合格をもらわないといけないな」

ジェイドが冗談を言うのは珍しい。

それとも、俺をやる気にさせるために言っているのかもしれない。

「そんなことを言っていいのか？　俺が活躍してジェイドの出番がなくなってしまうぞ」

「そうなったら、俺も楽になるな」

「今の言葉を忘れるなよ」

くそ、絶対にクセロのおやっさんの試験をクリアして、ジェイドに認めさせてやる。

1階に下りると、すでに朝食を食べているメルとセニアの姿がある。

「2人ともおはよう」

「もう、食べているのか？」

俺とジェイドはメルたちと同じ席に着き、朝食を注文する。

「トウヤは今日も特訓？」

「ああ、嬢ちゃんのおかげで、少しわかったような気がするからな。忘れないうちに、剣を振りたい」

「本当にユナちゃんって、凄《すご》いよね。あんな小さな体で、魔法も武器の扱いも上手なんてね」

「信じられない」

メルとセニアの言うとおり、信じられない女の子だ。俺は今までにいろいろな冒険者に会ってきた。でも、嬢ちゃんほど規格外なのは初めてだ。

優秀な魔法使いだって、魔法の練習は必要だ。メルもクマの嬢ちゃんの年頃には、まだ初心者だったという。あの年であれだけの魔法が使えて、武器の扱いにも長《た》けている。俺が嬢ちゃんの年だった頃を思い出しても、実力は遠く及ばない。

凄いとしかいえない。

俺だって、冒険者になると決めてから、剣を振ってきた。昔の俺に会えるなら、真面目にもっと練習をしろと言いたくなる。

「嬢ちゃんは天才なのかもしれないな」

「それだけじゃないだろう。ユナは実戦慣れしている。戦うところを見る限り、かなりの場数を踏んでいる」

俺の小さな独り言にジェイドが答える。

「そうよね。ユナちゃんは魔物と戦っても、怖がっている様子はないからね。普通は魔物と出合えば怖がったりするものなんだけどね。わたしがユナちゃんの年頃のときは魔物を見ると怖かったことを覚えているわ」

「でも、ユナが冒険者になったのって、あのときだろう？」

嬢ちゃんと初めて会ったとき、ランクDになったばかりだった。その数日前に街にやってきて、喧嘩《けんか》を売ってきた冒険者を返り討ちにしたことで、冒険者の間で、クマの嬢ちゃんのことが噂《うわさ》になった。

初めは冗談かと思って笑い話にしていた。でも、それからも、クマの嬢ちゃんの噂は聞こえてきた。小さな体でゴブリン、ゴブリンキング、タイガーウルフを倒した噂が流れる。最後にブラックバイパーを一人で倒した話を聞いたときは、信じられなかった。でも、それは魔力をたくさん持ち、才能があったからだと思った。だから、武器の扱いでは負けないと思った。でも、嬢ちゃんはナイフを扱い、剣も扱った。しかも、あの年齢で俺よりも扱いが上手だ。

ジェイドの言うとおりに、修羅場をくぐり抜けてきた数が違うような気がする。

あの、クマの格好からは信じられないけどな。

「ユナちゃんって、冒険者になる前は、どこで何をしていたのかな？　絶対にどこかで魔法や武器の扱いを学んでいたよね」

「もしかして、くまさんの国から来たのかも」

セニアがバカなことを言う。くまさんの国ってなんだ？　思い浮かべたら、国民全員が嬢ちゃんみたいなクマの格好をしている姿を想像してしまった。絶対にそんな国なんて行きたくない。

「行ってみたいかも」

どうやら、メルは俺とは反対の考えらしい。

「それで、ジェイドは今日もクセロさんのところよね？」

「ああ、試しの門について、話すことがあるからな」

朝食を終えたジェイドとメルはクセロのおっさんのところに向かう。俺とセニアは街の外に向かう。

「別についてこなくてもいいんだぞ」

「ジェイドとメルから、トウヤが無茶をしないように見張るよう言われている」

セニアはそんなジェイドたちの言葉をバカ正直に守って、俺についてきている。

「それでいつもの場所で練習するの？」

「ああ」

練習しやすい場所があればと思って、冒険者ギルドにこの辺りの地形を尋ねた。そうしたら、小さな川があることを知り、そこで練習をしている。

川で汗を流すこともできるし、周囲は木々もあり、日陰にもなっている。人もいないし、練習するのにも休憩するにも適した場所だ。


俺はセニアと川の近くまでやってくる。

俺は鞘《さや》から剣を抜いて素振りを始める。思い通りに振れたときは剣が軽くなる。微妙な感覚の違いだが、確かにある。振り切った感覚が違う。そして、その感覚を忘れないうちに、落ちている木の棒を数本拾い地面に突き立てる。

俺は深呼吸する。

感覚を思い出すように、歩きながら順番に木の棒を斬っていく。

1本目の木は綺麗に斬れ、2本目も斬れるが、3本目、4本目と木は弾け飛ぶ。これは切り返しが下手くそなせいだ。

斬るには力だけでなく、速度、角度が大切だ。力や速度なら、ジェイドにも負けていないはず。なら、考えられるのは角度の問題だ。

止まっている木の棒ぐらい斬れなくては、動く相手なんて、斬れるものじゃない。

本来はお互いに動きながら、剣を振るう。

それなのに歩きながら失敗するようではダメだ。ジェイド、セニア、クマの嬢ちゃんはそれが普通にできる。だから、どんな状況でも相手にダメージを与えることができる。

動かない対象物相手にできないようじゃ、クセロのおっさんの言うとおりにミスリルの剣を扱う資格はない。

俺は無言で剣を振るい、木の棒を立て、斬る練習をする。

俺が黙々と剣を振っていると、セニアが声をかけてくる。

「トウヤ、お昼。お腹減った」

「もうそんな時間か？」

確かに俺もお腹が減っている。気付かなかった。それだけ集中していたみたいだ。

「用意したから、食べて」

俺が剣を振っている間に、セニアが昼食の用意をしてくれていたみたいだ。

お礼を言わないといけないな。

俺は川でタオルを濡《ぬ》らして顔や体を拭《ふ》く。水が冷たくて気持ちいい。汗を拭きとり、セニアのところに向かう。すると、すでにセニアが一人でパンを食べている姿があった。

「もう食べてるのかよ。少しは待ってくれてもいいだろう」

先ほどのお礼をしようとした気持ちが消えてしまう。

「遅い。早くしないとトウヤの分も食べちゃう」

俺はセニアの前に座るとパンを取り口に入れる。腹が減っていたので美味しい。

「見てても楽しくないだろう。戻っていてもいいぞ」

「大丈夫、寝ていたから」

「寝てたのかよ！」

セニアとは長い付き合いだが、たまになにを考えているのか分からない。でも、木々が日陰になっているから日射しは防いでくれるし、こうやって川の音を聞きながら昼寝をするには最適かもしれない。

昼食を終え、練習を再開していると、楽しそうな子供の声が聞こえてくる。その声は徐々に近づいてくる。近くの枝を踏む音がすると木の後ろからドワーフのガキが3人現れた。

「兄ちゃんたち、なにをしているんだ？」

「見てのとおり、剣の練習だ。それよりもおまえたちは、こんなところでなにをしているんだ」

「ここは魔物もいないから、俺たちの遊び場だ。それで遊んでいたら、こっちで、人の声がしたから見に来たら、兄ちゃんと姉ちゃんがいた」

「兄ちゃんは冒険者なのか？」

「ああ、冒険者だ」

俺がそう言うとドワーフのガキたちは嬉しそうな顔をする。

「カッコいい」

「魔物を倒したことはあるの？」

「ああ、もちろんだ」

「すげえ」

「剣を見せて」

「僕も」

ガキの一人が俺の持っている剣に触れようとする。俺はとっさに剣を持ち上げる。

「いきなり触ろうとしたら危ないだろう」

「ごめんなさい」

ガキは素直に謝る。俺は上にあげた剣を下ろす。そして、触りたそうにしていたガキに差し出す。

「いいの？」

「少しだけだからな。重いから気を付けろよ」

俺が差し出した剣を両手で持つ。

「おお、カッコいい。俺もいつかはこんな剣を作ってみたい」

使うじゃなくて、作るとはドワーフの子供らしい。

「おまえは鍛冶職人を目指しているのか？」

「うん！　そうだよ。立派な鍛冶職人になって、カッコいい剣をいっぱい作るんだ」

「そうか、頑張れよ」

俺が頭を撫《な》でてやると、嬉しそうにする。

「もし、俺がカッコいい剣を作ったら、兄ちゃん、買ってくれよ」

「僕の剣も！」

「なんだ。俺がカッコいいからか？」

どうやら、子供から見ると俺はカッコいいみたいだ。カッコいい男にはカッコいい剣が似合うからな。

「違うよ。お父さんがお得意様は大切にしろって言っていた。お客に逃げられる鍛冶職人は三流だって」

「そ、そうか。なら、お客が逃げないような立派な鍛冶職人にならないといけないな」

冒険者だって、三流の鍛冶職人が作った武器を買いたくない。命を預けるなら、優秀な鍛冶職人が作った武器がいい。

「兄ちゃん。練習見ててもいいか？」

「いいが、面白いものじゃないぞ」

「いいよ」

ガキどもは離れてセニアのところに行く。

俺はガキどもが離れたことを確認すると剣を振るう。何度も何度も。そのたびにガキどもの楽しそうな声がして、木を斬ると歓声があがる。

「兄ちゃん、すげえ」

「武器がいいんだよ」

「そこは俺の腕がいいって言うところだろう」

「え～」

くそ、見学の許可を出したが、やりにくい。

でも、徐々に感覚が摑《つか》めてきている。俺はクセロのおっさんの息子が作ったなまくらの剣を地面に突き刺す。

深呼吸をして、ミスリルの剣を構える。

そのとき、セニアが叫ぶ！

「トウヤ！　後ろ！」

後ろを振り向くと、そこには大きな獣がいた。

445　トウヤ、頑張る　その2

　セニアの言葉で後ろを振り向くと大きなイノシシがいた。額にナイフほどの長さの角がある。ビッグボアだ。大きさはクマの嬢ちゃんのクマぐらいある。足は速く、俺の足はもちろん、子供の足では逃げることはできない。

　どうするか、思考を巡らせる。今は指示を出すジェイドはいない。後衛からアドバイスしてくれるメルもいない。

　ここには俺とセニア、それと守らないといけないガキが3人いる。

　1頭ならセニアと一緒に戦えば倒せない相手じゃない。ビッグボアの特徴は突進と頭に付いた角。そして、逃げてもどこまでも追いかけてくる。倒す方法はビッグボアの突進を躱《かわ》し、すれ違いざまに、攻撃をする方法だ。

　ただ、俺が避けたとき、そのままガキどもに向かって走っていったら、終わりだ。

　倒すとしたら、一撃で決めないといけない。

　ここはやるしかない。

　俺がセニアに声をかけようとしたとき、奥の木々の後ろから2頭目のビッグボアが現れる。

　冗談だろう。

　流石《さすが》にビッグボアを2頭同時に一撃で倒すことなんてできないぞ。

俺は考える。どうしたらいい。

ふふ、そんなの、答えは初めから決まっている。

誰かが注意を引いて残れば、ガキどもは逃げられる。

「セニア、ガキどもを連れて逃げろ！」

俺はビッグボアの注意を引くためと、セニアに伝えるために大きな声で叫ぶ。

「トウヤ……わたしが残る。トウヤより、わたしが残ったほうがいい」

「確かに俺よりセニアのほうが強い。でも、俺も男だ。女を残して逃げるわけにはいかないだろう。ビッグボアの注意は俺に向いているしな。それにセニアが動けば、傍のガキどもに注意が向く。俺なら、足手まといがいなければ、大丈夫だ！」

俺はビッグボアの注意を引くため、大きな声で説明する。

「……トウヤ」

「それにミスリルの剣を扱うには最高の練習相手が来た。横取りはしないでくれ」

俺はビッグボアを見ながらセニアに言う。今にも襲ってきそうだ。唸《うな》り声をあげて、俺の様子を窺《うかが》っている。

「トウヤ、バカなことを考えている？」

「バカとは酷いぞ。ただ、あの角は練習には最適だろう」

俺はビッグボアの白い角を見る。

「今のトウヤには無理。危険」

ビッグボアは襲いかかるとき、角に魔力を集め赤くなる。そのときの角はとても硬く、ビッグボアの突進力と合わせれば鉄の鎧《よろい》なら貫くほどだ。そして、魔力が集まっている状態で角を斬り落とすと、角は赤いまま残り、貴重な素材になったり、装飾物として飾られることもあり、高く取引される。

「それに、ビッグボアがここだけにいるとは限らないだろう。ガキどもを連れて逃げるのは俺には無理だ。でも、セニアならできるだろう」

震えているガキどもを守りながら、街に逃げることは俺にはできない。でも、セニアならもし別の魔物に遭遇しても大丈夫なはずだ。

セニアは俺と震えているガキどもを見比べる。そして、一言「わかった」と言ってくれた。セニアはガキどもに声をかけて、逃げるように言う。俺は2頭のビッグボアの注意を引くため、地面に転がっている石をビッグボアに向けて蹴《け》り飛ばし、叫ぶ。

「セニア、行け！」

セニアは頷くとガキどもを連れてゆっくりと動きだす。

「おまえたちの相手は俺だ！」

声を上げて、自分に気合いを入れると同時にセニアの姿が見えなくなるまで、ビッグボアの注意を引く。

「グリュルル」

ビッグボアは唸り声を出し、角が赤くなる。ビッグボアは俺めがけて突進してくる。俺は右に避けて、突進を躱す。

あの赤い角を斬り落とせば、ミスリルの剣を持つことを認められる。

俺が赤い角をしたビッグボアを見ていると、2頭目が襲いかかってくる。俺はどうにか突進を躱す。セニアのほうを確かめるともう姿は見えない。あとはセニアが逃げたほうに別のビッグボアがいないことを祈るだけだ。

俺は深呼吸して心を落ち着かせる。

ビッグボアは2頭だ。突進を受ければ、ただではすまない。

しっかり見ろ。目を逸《そ》らすな、集中しろ。

2頭のビッグボアは左右、前後から、大きな体を活かして突っ込んでくる。単調な攻撃だが、体が大きく、速いから、タイミングを摑むのが難しい。

一番の難点は大きさだ。

ビッグボアの体は大きいから、大きく避けないといけない。だが、体を大きく動かして躱せば、剣を振るうタイミングが難しくなる。

さらに問題なのは1頭躱しても、すぐにもう一頭が迫ってくることだ。

少しの油断が命取りになる。

剣を握りしめる。

俺が握っているのはミスリルの剣だ。

ビッグボアが襲ってくる。俺はビッグボアの突進を横に躱す。だが、躱したところを、もう一頭のビッグボアが後ろから襲い掛かってくる。

躱すことはできるが、剣を振るうことができない。

一人になるとパーティーメンバーの有り難みがわかる。メルの魔法で注意を引き、攻撃を仕掛ける。ジェイドが正面から戦っているときに、横、後ろから攻撃を仕掛ける。今、考えると甘えた状況で戦っていたことにあらためて気付く。それとも、俺の実力が不安だったから、安全な場所から攻撃をさせてくれていたのかもしれない。

ふざけるな。俺は強くなる。

絶対にジェイドに正面を頼むと言わせてみせる。

だから、2頭のビッグボアぐらい倒せないでどうする。

だが、攻撃のタイミングが摑めない。

最小限の動きで躱し、攻撃を仕掛けるのが一番だが、上手くいかない。

いらつくな、冷静になれ。

だが、いらついているのは俺だけではないみたいだ。

ビッグボアが唸り声をあげると角が赤くなっていく。ビッグボアの足が地面を蹴ると、俺をめがけて突進してくる。

速い！

俺は最小限の動きで躱す。

だが、このタイミングならいける。

ビッグボアの赤い角めがけて、ミスリルの剣を振り下ろそうとしたとき、わずかな死角からもう一頭のビッグボアが迫ってくるのが見えた。俺はとっさに体をひねって躱すが、大きなビッグボアの体が俺を弾き飛ばす。体に激痛が走る。かすっただけで、これだけの衝撃か。

くそ、一頭ならどうにかなるのに、2頭相手じゃ、俺には無理なのか！

俺が体を起こし立ち上がったところで、今度は反対側の奥から草を掻《か》き分けて、なにかがやってくる音がする。

3頭目のビッグボアか！

セニアのほうに行かなかっただけ、まだマシだと考えろ！

来るなら来い！

2頭も3頭も同じだ！

だが、草むらから現れたのは黒いクマだった。

446 クマさん、トウヤのところに見学に向かう

試しの門から帰ってきたわたしたちは、昼まで寝た。

そして、宿屋の食堂で昼食を食べていると、ジェイドさんとメルさんがやってきた。

なんでも、ジェイドさんはクセロさんのところに行って、試しの門で使う剣などを調整してきたそうだ。

ジェイドさんが剣を握りやすいようにしたり、重さの確認、剣の長さ、重心、いろいろと確かめることがあるらしい。

重心が違うと剣の振り方も変わってくるという。

ゲーム内では重心の設定はなかった。気にしたのは剣の長さと重さぐらいだ。

「でも、一日でできるものなの？」

「そうだな。変な癖がある剣でなければ、何度か剣を振れば慣れてくるよ」

一流の冒険者になると、さすがだね。

「ユナちゃんはずっと、宿屋にいたの？」

「朝早く、ちょっとだけ出かけていたよ」

「そうなんだ」

どこに行ったとかは聞かれなかったので、ここにいない2人について聞いてみることにする。

「トウヤとセニアさんは？　一緒じゃないの？」

「トウヤは街の外で特訓中よ。セニアには監視をしてもらっているわ」

ああ、そういえばミスリルの剣の試験があったね。

「クセロさんの試験には合格できそうなの？」

「ユナちゃん。トウヤの前で実演をしてくれたみたいね。それで、少しはコツが摑《つか》めそうだと言っていたわよ」

この前、トウヤに頼まれて、剣を斬ったのが役に立ったみたいだ。

コツを摑んだなら、見せてあげたかいはあった。

「ユナ。あいつのために、ありがとう」

ジェイドさんにお礼を言われると、むず痒《がゆ》いものがある。

でも、クセロさんの試験は試しの門が閉まるまでだ。

今朝のことを思い出すと、時間があまりないような気がする。

もしかすると、わたしのせいでクセロさんの試験に落ちてしまうかもしれない。

このまま試験に落ちでもしたら、寝覚めも悪いので、トウヤの様子を見に行くことにした。

「2人は宿屋に残っていてもよかったんだよ」

トウヤのところに行くとフィナにルイミンに伝えたら、2人もついてくると言いだしたので、一緒に街の外に来ている。

「わたしもトウヤさんが気になるので」

「それに宿屋に残っていても、やることがないから」

まあ、2人がいいなら、わたしとしては問題はない。

街から離れたわたしはくまゆるとくまきゅうを召喚する。

「それじゃ、くまゆる、くまきゅう、お願いね」

「「くぅ～ん」」

わたしがくまゆるに乗り、フィナとルイミンにはくまきゅうに乗ってトウヤのところに向けて出発する。といっても、前回と同じ場所の小川で練習しているはずなので、それほど遠くはない。

森の中に入り、進んでいると、くまゆるが歩みを止め、「くぅ～ん」と鳴く。

「くまゆるちゃんとくまきゅうちゃん、どうしたんですか？」

ルイミンが止まったくまゆるとくまきゅうについて尋ねてくる。

鳴き方が微妙で分かりにくい。

魔物が現れたときのような緊急の鳴き方じゃないし、もしかして、人？

わたしは探知スキルを使ってみる。

やっぱり、近くに人がいたから、教えてくれたらしい。

反応は4つ。

トウヤとセニアさんなら、反応は2つのはず。

くまゆるとくまきゅうを見られたら、驚かれるからね。

どうしようかと思っていると、その反応が近づいてくる。

道から離れて、やり過ごそうと考えていると、くまゆるとくまきゅうが再度「「くぅ～ん」」と鳴く。「どうしたの？」と尋ねようとするとフィナとルイミンが口を開く。

「セニアさんです」

「本当だ。子供と一緒に走ってます」

確かにセニアさんと子供が走っている。たまに後ろを振り向いたりしている。

「なにかあったのでしょうか？」

わたしたちはセニアさんのところに向かう。

道から外れた場所から出ると、セニアさんがわたしたちに向けて、ナイフを構える。

「ユナ？」

「クマ！」

セニアさんは安堵《あんど》の表情を浮かべて、ナイフを下ろす。

ドワーフの子供たちはくまゆるとくまきゅうに驚いて、セニアさんの後ろに隠れる。

「このクマは危険じゃない。大丈夫」

セニアさんが子供たちを落ち着かせる。

「セニアさん、なにかあったの？　なんだか慌てているようだったけど」

それに一緒にいるはずのトウヤがいない。

それに子供たちは不安そうな顔をしている。くまゆるとくまきゅうを見てからではない。

「ビッグボアが現れて、トウヤが一人で戦っている」

「ビッグボア？」

ビッグボアって大きなイノシシだっけ？

わたしはセニアさんから、話を聞く。

なんでも、トウヤが剣の練習をしていたところ、ビックボアが現れたそうだ。セニアさんも一緒に戦おうとしたが、子供たちがいたこともありトウヤに子供たちと一緒に逃げるように言われたそうだ。

わたしは再度、探知スキルを使って周辺を確認する。

魔物の反応はない。

もう少し離れているみたいだ。

「ユナ、この子たちをお願い」

「もしかして、トウヤのところに戻るの？」

セニアさんは小さく頷《うなず》くが、子供たちはセニアさんの服を掴んで、離れようとはしない。

セニアさんは子供たちを見て、困った表情をする。

「それじゃ、わたしがトウヤのところに行ってくるよ」

「ユナが？」

「それで、サクッとトウヤを助けてくるよ。それにくまゆるが一緒なら、すぐに駆け付けることができるしね」

探知スキルに魔物の反応がないってことは探知スキル外になる。そうなると、離れていることになる。セニアさんが駆け付けるより、わたしがくまゆるで駆け付けたほうが速い。

「でも……」

「わたしの実力は知っているでしょう？」

セニアさんはドワーフの子供たちを見てから、わたしを見る。

そして、決める。

「それじゃ……」

わたしはセニアさんから、一つ頼まれごとをされた。

トウヤはビッグボアと戦っている。それも、無茶な戦い方をしようとしているという。ビッグボアの角は魔力を込めると硬くなる。トウヤはその魔力が込められた角をミスリルの剣で斬ろうとしているかもしれないらしい。

セニアさんから、もしトウヤが無茶なことをしようとしたら、止めてほしいと頼まれた。

「ユナ、お願い」

「任せて。フィナとルイミンはセニアさんと一緒に街に戻って。くまきゅうはみんなを街の近くまで送ったら、わたしのところに合流ね」

「くぅ～ん」

くまきゅうは「任せて」と鳴く。

本当に頼りになる。

「ユナお姉ちゃん、気をつけてね」

「ユナさん、無茶はしないでくださいね」

わたしはみんなに見送られ、トウヤがいる場所に向けて、くまゆるを走らせる。

そして、セニアさんと別れてすぐに、探知スキルに人とビッグボアの反応が現れる。これがトウヤ？

わたしは最高速度でトウヤのいる場所にくまゆるを走らせる。

それにしても、ジェイドさんから聞いたところでは、この街の周辺には魔物がいないって話だったのに。トウヤも運がないね。

447　トウヤ、頑張る　その3

現れたのは黒いクマに乗ったクマの嬢ちゃんだった。

「どうしてここに？」

ビッグボアに注意しながら尋ねる。

「セニアさんに聞いて助けに来たんだけど」

「セニアは！」

「くまきゅうと一緒に街に戻ったよ」

その言葉に安堵《あんど》する。

無事に戻ったか。それで嬢ちゃんが来てくれたのか。

「それで、助けは必要？」

嬢ちゃんはビッグボアに視線を向ける。

ビッグボアは嬢ちゃんのほうを向いて、威嚇《いかく》するように唸《うな》っている。

「なにか、わたしに喧嘩《けんか》売っているような気がするんだけど」

いや、嬢ちゃんに対してではなく、乗っているクマに対してだろう。

嬢ちゃんがクマから降りる。

「嬢ちゃん、待ってくれないか。こいつらは俺にまかせてくれ」

「2体とも？」

「ああ」

セニアとガキどもが無事と分かれば、心おきなく戦うことができる。

だが、ビッグボアは嬢ちゃんに向かって走りだす。

その前に嬢ちゃんのクマが立ちはだかり、ビッグボアの突進を受け止める。

「攻撃していい？」

嬢ちゃんは軽く尋ねる。

赤い角を斬りたいが、俺は冷静に考える。

流石《さすが》に倒せるチャンスを見逃すことはできない。

それに、今の俺はビッグボアを2体同時に正面から倒す実力は持っていない。

「俺にやらせてくれ」

卑怯《ひきょう》かもしれないが、動けないビッグボアの後ろから攻撃を仕掛ける。ビッグボアの体に剣を突き刺す。肉が厚い。俺は思いっきり剣を押し込む。ビッグボアは暴れだす。俺は剣を引き抜き、ビッグボアの体に向けて剣を振り下ろす。俺から注意を逸《そ》らしたビッグボアが悪い。生と死をかけた戦いだ。相手に情けをかけるほど、俺は強くもないし、優しくもない。

剣で刺されたビッグボアの大きな体が崩れ落ちる。

これで残りは1体だ。

嬢ちゃんのほうを見ると、嬢ちゃんはなにか残念そうな顔をしている。

「どうした？」

俺が倒したことに文句があるのか？

「普通に倒すなら、わたしに赤角を斬らせてほしかったなと、思っただけだよ」

俺が倒した文句ではなかったみたいだ。

だが、そんなに簡単にビッグボアの赤い角を斬らせてほしいと言わないでくれ。もし、目の前で嬢ちゃんに簡単にビッグボアの赤い角を斬り落とされでもしたら、精神的に立ち直れなかったかもしれない。「ああ、天才には敵《かな》わない」と思ってしまう。

俺と嬢ちゃんの力の差をあらためて認識してしまう。

ジェイドもメルもセニアも優秀な冒険者だ。俺だけが凡人だ。心だけは強く持たないといけない。

「それはすまないことをしたな。嬢ちゃんには悪いがこっちのビッグボアも俺が倒させてもらうぞ」

俺は残りの1体のビッグボアに視線を向ける。ビッグボアは仲間を殺されたためか、唸り声をあげ、赤い角がさらに赤くなる。今の俺には一つでも経験が必要だ。それに1体だけなら、俺の練習相手になる。だから、嬢ちゃんに譲ることはできない。

でも、嬢ちゃんの口から予想外の言葉が出る。

「それじゃ、わたしは他のビッグボアを倒してくるね。一応、くまゆるを置いていくから、なにかあったら助けを求めてね。くまゆるも、トウヤが危なかったら助けてあげてね」

ちょっと待て。今、嬢ちゃんはなんて言った。

俺はビッグボアに向けていた視線を嬢ちゃんに向ける。

「おい！　他のビッグボアってなんだ！」

もしかして、まだ、いるのか。

「わたしと話している場合じゃないと思うよ。ちゃんと相手を見ないと、自分が倒したビッグボアみたいに後ろから襲われるよ」

嬢ちゃんの言葉ですぐに視線を戻すと、ビッグボアが俺に向かって走ってきていた。

俺はギリギリで躱す。

次に嬢ちゃんのほうを見たら、黒いクマしかいなかった。

なんだよ。本当にまだいるのか。しかも、人が苦労しているのに、簡単に倒しに行ってくるとか。

でも、嬢ちゃんのおかげで一対一になれた。それに嬢ちゃんのクマがいると思うと安心感がある。こんな状況下で赤い角が斬れないようじゃ、男じゃない。


俺はミスリルの剣を構える。

ビッグボアが唸り声をあげると、魔力を集めだし角は赤くなる。

準備が整ったと言いたいのか、俺に向かって突っ込んでくる。俺はギリギリまで引きつけ、横に躱し、魔力が込められた赤い角に向かってミスリルの剣を振り下ろすが、剣は弾かれる。

硬い。怒っているせいもあり、角に多くの魔力が集まっている。さっきより、角が赤くなっている。

「くぅ～ん」

そんな、心配そうに鳴くな。せっかくおまえのご主人様がくれた練習相手だ。おまえの出番はない。そこで見守っていてくれればいい。

俺は心配そうにするクマを軽く見て、笑ってみせる。

剣を斬ったときのことを思い出せ。偶然にしろ何度か斬れているんだ。

あの感触を思い出せ。

俺はビッグボアの突進を何度も躱しながら、タイミングを計る。

俺は突っ込んでくるビッグボアの攻撃をギリギリで躱そうとしたが、ビッグボアの体がわずかに俺が避《よ》けたほうに流れる。

避けられない。

体が弾かれる。やばい。さっきと違って、衝撃が強い。地面に転がる。早く立ち上がろうとするが、激痛で、すぐに立てない。

早く立たないと、すぐに襲ってくるぞ。

腕と足に力を入れる。

立ち上がれ！

避けろ！

俺は体に命令する。

体中に力を込め、立ち上がる。そして、ビッグボアを見ると、俺に向かって突進してくる。

避けられない。そう思ったとき、黒いものがビッグボアに体当たりする。

嬢ちゃんのクマが横からビッグボアに攻撃した。俺を救ってくれた。黒クマに体当たりされたビッグボアは横に倒れる。黒クマは「くぅ～ん」と鳴いて、俺のほうを心配そうに見ている。

「助かった」

俺は嬢ちゃんのクマに礼を言う。

まさか、本当に俺が危険なときに助けてくれるとは思わなかった。クマに見守られていたと思うと変な気持ちになるが、命拾いしたのは事実だ。

俺は自分の実力のなさに悔しくなる。どうして、俺はこんなに弱いんだ。

悔しくなる。

だからといって、ここで立ち止まるわけにはいかない。

思い出せ。嬢ちゃんの斬り方。なにより、側で見てきたジェイドの剣筋を。

クマに弾き飛ばされたビッグボアが立ち上がる。

嬢ちゃんのクマが俺を守るように立ち塞《ふさ》がろうとする。

「大丈夫だ。どいてくれ」

「くぅ～ん」

「そんな、心配そうに鳴くな」

クマを下がらせ、ビッグボアの前に立ち剣を構える。

「貴様の相手は俺だ！」

ビッグボアに向けて叫ぶ。

クマに向かっていたビッグボアの意識を俺に向かわせる。

ビッグボアが唸り声を上げ、突進してくる。

心を落ち着かせろ。集中しろ。剣を切ったときの感覚を思い出せ。嬢ちゃんの剣筋を思い出せ。ジェイドの剣筋を思い出せ。俺ならできる。

ビッグボアの突進を躱し、ビッグボアの赤い角に向かって振り下ろす。

いった。と思った瞬間、ビッグボアの頭が動く。そのせいで角の位置が変わり、剣が弾かれる。

横を走り抜けたビッグボアは体を反転させると、間髪容れずに襲いかかってくる。

俺は足に力を入れて剣を構えた瞬間、小石に足を取られ、バランスを崩す。

まずい。

ビッグボアが迫ってくる。

「くぅ〜ん」

俺とビッグボアの間にクマが入り込み、ビッグボアの突進を止める。

そして、クマはそのままビッグボアを横に倒す。

本当に凄いクマだ。

「また、助けられたな」

「くぅ～ん」

クマは嬉しそうに鳴く。

俺は倒れているビッグボアを見る。

今の俺では動いているビッグボアの角を斬るのは無理だ。でも、倒れているビッグボアの角ぐらい斬れないでどうする。

俺は激痛が走る体を無理に動かし、倒れているビッグボアに近づく。ビッグボアは起き上がろうとするが、大きな体のせいで遅い。俺は力強く足を踏み出し、手に力を入れ、脳裏に剣筋を思い浮かべ、ミスリルの剣を赤い角に向けて、振り下ろした。

赤い角は斬れ、俺はそのまま剣を切り返して、ビッグボアの首筋に剣を奥深くまで突き刺した。

ビッグボアの動きは止まった。

……終わった。

俺は赤い角を拾う。

……斬れた。笑いが込み上げてくる。今までで最高の一振りだった。でも、動いていないビッグボアの角を斬っただけだ。半人前扱いされてもしかたない。もっと、頑張らないといけないな。

俺は見守ってくれた嬢ちゃんのクマに視線を向ける。

「くまゆるだったな。ありがとうな」

俺がお礼を言うと嬉しそうに「くぅ～ん」と鳴く。

くそ、可愛《かわい》く鳴きやがって、セニアやメルが可愛がるのが分かる。

俺はお礼を兼ねて頭を撫《な》でる。なんだ。この柔らかさ。気持ちいいぞ。

誰も見ていないよな？

俺は周囲を確認する。誰もいないことを確認して、くまゆるの体に顔を埋《うず》める。

おお、凄《すご》く気持ちいい。なんだ、このふわふわの感触は。体が疲れているから、余計に心地よくなってくる。このまま寝たら、気持ちがいいかもしれない。そんな誘惑に負け、俺が目を閉じたとき。

「トウヤ、なにをやっているの？」

俺はとっさに目を開いて、くまゆるから顔を離す。そして、声の主を探す。そこには白いクマに乗ったセニアがいた。

「どうして、セニアがここに!?」

「心配だから、来た。そしたら、トウヤがくまゆるに抱きついていた」

セニアがくまゆると俺を見る。

「ち、違う」

俺がくまゆるから離れると、くまゆるは悲しそうに「くぅ～ん」と鳴く。

「いや、違う」

俺はくまゆるにも違うと言う。

「なにが違うの？」

「くぅ〜ん」

俺はセニアとくまゆるを交互に見る。

「違うんだ〜〜〜〜〜〜〜〜〜〜〜」

俺の叫びが森の中に響いた。


それから、セニアを連れてきた白いクマのほうはクマの嬢ちゃんのところへ向かった。なんでも、白いクマが嬢ちゃんのところに行くのをセニアが頼んで、連れてきてもらったそうだ。

この黒いクマのくまゆるにしても、白いクマのくまきゅうにしても、人の言葉を理解して、さらに主人の指示に従い、危険かどうかをちゃんと判断する。本当にクマなのかと思ってしまう。なによりも、あの触ったときの心地よさだ。あれは最高級の毛皮に包まれているような感覚だ。あの毛皮に包まれて寝たいと思ってしまう。

でも、くまゆるに抱きついているところをセニアに見られたのはマズイ。

「セニア、あれは傷ついていた俺をクマが支えてくれていただけだからな」

俺の手当てをしているセニアに言い訳がましく説明する。

「幸せそうに抱きついていた」

「気のせいだ」

「くぅ～ん」

くまゆるが「そうなの？」的な顔で俺を見ているような気がする。人の言葉を理解できるから、たちが悪い。傷つける言葉を言うこともできない。

セニアは微笑《ほほえ》み、俺の手元に視線を向ける。

「角、斬れた？」

俺の手にはビッグボアの赤い角が握られている。

「ああ、これもクマの嬢ちゃんとくまゆるのおかげだ」

「くまゆる？」

俺がクマの名前を言うと突っ込んでくる。

「嬢ちゃんのクマは2頭いるだろう。それを区別しただけだ」

「いつもは黒いクマ、白いクマって言っている」

細かいことを覚えているな。

「気のせいだ」

俺はくまゆるのほうを見る。

「おまえはご主人のところに行かなくていいのか？　もう、大丈夫だぞ」

「くぅ～ん」

返事をするが、動こうとしない。主人の嬢ちゃんのところには白いクマが向かったから、自理解できない。

分は行かないでいいと思っているのか、嬢ちゃんの言葉を守って俺の側にいるのかは表情では
「ユナはどうしたの？」

「他にもビッグボアがいるから、倒しに行くと言って、向かった」

「それじゃ、助けに行かないと」

セニアが俺の話を聞いて立ち上がる。

そのとき、草木を掻き分ける音がしたと思ったら、白いクマに乗った嬢ちゃんが現れた。

「嬢ちゃん、無事だったか」

「トウヤは無事なの？」

セニアに手当てされていた俺を見て、首を傾《かし》げる。

「ああ、嬢ちゃんの置いていってくれたクマのおかげで助かった」

俺がくまゆるを見ると、くまゆるは嬉しそうに主人である嬢ちゃんに駆け寄っていく。嬢ちゃんは白いクマから降りると、くまゆるの頭を撫でる。

「ありがとうね」

「くぅ～ん」

くまゆるは主人である嬢ちゃんに褒められて嬉しそうにする。

そのときに、くまゆるは俺を助けたのは俺だからではなく、主人の嬢ちゃんの命令だから助けたんだとあらためて理解した。

　くそ、寂しくなんてないぞ。

「それで他のビッグボアはどうしたんだ」

「うん、周辺に3体いたから、倒してきたよ」

　嬢ちゃんは簡単にウルフを倒したように言う。そして、嬢ちゃんはクマの顔をした手袋から、ビッグボアを取り出し、さらに手には3本の赤い角があった。

　俺が苦労したのに、嬢ちゃんはビッグボアの赤い角を簡単に手に入れる。きっと、嬢ちゃんは動いているビッグボアの角を斬ったに違いない。俺はくまゆるに倒してもらったところを斬った。

　これが天才と凡人の差。この差を埋めるのは大変だ。

　その前にジェイドやセニア、メルたちの横に並べるようにならないといけない。道のりは長そうだ。俺は手に握った1本の赤い角を見る。まずは1歩目だ。

448 クマさん、ビッグボアを倒す

トウヤから離れて、森の中を走り、別のビッグボアがいるところに向かう。

本当なら、心配事をなくしてから他のビッグボアのところに行きたかったが、トウヤが手出しは不要と言う。

ゲームでも他のプレイヤーが戦っている魔物を横取りするのはマナー違反だ。助けを求められれば戦うけど、断られたら魔物に攻撃するわけにはいかない。

わたしは考えた結果、くまゆるにトウヤのことを頼み、一人で別のビッグボアを倒しに向かうことにした。

それに、別のビッグボアが他の人を襲ったら大変だ。

セニアさんと一緒にいた子供たちのように、他にも人がいるかもしれない。

わたしは探知スキルを使い、数体のビッグボアの反応があるほうへ向かう。

見つけた。

ビッグボアがゆっくりと歩いている。

後ろから攻撃をして倒してもよかったんだけど、赤い角が気になるので、ビッグボアの前に回る。

角は赤くない。

ビッグボアはわたしを見るなり、唸《うな》り声を上げ、突進してくる。

人を見るなり襲ってくるのは危険だ。

やっぱり、倒さないといけない。

わたしはビッグボアの突進を軽く躱《かわ》す。魔法を放って倒すこともできたが、どうせ倒すなら、赤い角を斬りたい。

わたしはビッグボアに向けて軽く魔法を放って挑発する。ビッグボアは唸り、角が赤くなり始める。魔力が角に溜まって赤くなるんだよね。

わたしはクマボックスから、くまゆるナイフを取り出す。そして、ビッグボアが突進してくるところをギリギリのところで躱し、赤い角めがけて、くまゆるナイフを振り下ろす。赤い角はスパッと斬れ、地面に転がる。そして、走り抜けたビッグボアは止まり、振り返る。口から怒りのような唸り声を発する。闘牛のように足を地面を駆ける準備をする。

角を斬っただけでは、戦うのをやめないみたいだ。

ビッグボアはまた唸り声を上げると、地面を蹴り、わたしに向かって突進してくる。でも、先ほどの力強さはない。可哀想だけど、人を見るなり襲ってくる狂暴な魔物は放置することはできない。

わたしはビッグボアへ氷の矢を放つ。氷の矢は脳天に刺さり、ビッグボアは動きを止め、倒れる。

ビッグボアが動かなくなったことを確認して、アイテム袋にしまい、地面に落ちている赤い角を拾うと、次のビッグボアのところへ向かう。

そして、残りのビッグボアのところへ向かっていると、途中でくまきゅうが合流してくれた。

くまきゅうは、ちゃんとフィナやセニアさんたちを街まで送り届けてくれたみたいだ。

わたしは合流したくまきゅうとともに、残りのビッグボアを倒した。

もちろん、ビッグボアを倒すときは赤い角をゲットした。手に入るものは手に入れておくのがわたしのモットーだ。


探知スキルで周囲にもうビッグボアがいないことを確認してから、わたしはトウヤのところに戻る。そこには別れたはずのセニアさんがトウヤの手当てをしていた。

「嬢ちゃん、無事だったか」

「トウヤは無事なの？」

なにか、別れたときより、傷ついているんだけど。

「ああ、嬢ちゃんの置いていってくれたクマのおかげで助かった」

くまゆるはわたしのところにやってくる。ちゃんとわたしが頼んだことを守ってくれたみたいだ。わたしはくまゆるの頭を撫《な》でる。

「ありがとうね」

「くぅ～ん」

くまゆるは嬉しそうにする。

「でも、どうして、セニアさんまでいるの？　街まで戻ったんじゃ」

「バカが心配だったから、くまきゅうが戻るときに乗せてもらった」

セニアさんはトウヤを見てから、くまきゅうを見る。

「バカって俺のことかよ」

「ここにバカは一人しかいない」

そう言いながらもセニアさんはトウヤの腕に包帯を巻いている。

「それで、嬢ちゃんは他のビッグボアを倒しに行くって言っていたが、倒したのか？」

「周辺に3体いたから、倒してきたよ」

わたしはクマボックスからビッグボアと赤い角を3本取り出す。すると、トウヤは自分の持っている赤い角へ視線を向ける。トウヤもちゃんと赤い角を手に入れることができたみたいだ。

「俺が苦労してやっと1体倒したのに」

セニアさんにぐるぐると巻かれた包帯が、トウヤの苦労を物語っている。

「トウヤはボロボロだね」

「ちょっとミスって弾き飛ばされただけだ」

「ちょっと？」

セニアさんは包帯がしてある場所を指で突っつくと、トウヤは痛そうな顔をする。

「……ちょっとだ」

誰が見ても分かるようなやせ我慢をする。セニアさんが言うには打ち身だけらしい。

「体だけは頑丈。うらやましい」

セニアさんは包帯の上からツンツンと指で突っつく。そのたびにトウヤは歯を食いしばって我慢をしている。痛いなら痛いって、やせ我慢せずに言えばいいのに。

「それじゃ、ビッグボアはセニアさんと一緒に倒したの？」

「俺、一人で倒した」

「くぅ〜ん？」

「……2人だ」

くまゆるが鳴いたら、トウヤが言い直した。

なんだろう？

「嬢ちゃんのクマに少し手伝ってもらった」

なんでも、くまゆるのおかげで赤い角を斬ることができたらしい。

「トウヤ、くまゆるに抱きついていた」

「セ、セニア⁉」

「くまゆるに抱きつく？」

「くまゆるは渡さない」

セニアさんはくまゆるに抱きつく。

「誰も取ったりしない」

くまゆるは困ったように「くぅ～ん」と鳴く。

「そもそも、くまゆるはわたしのだよ」

わたしが宣言するとくまゆるは嬉しそうに鳴き、くまきゅうが悲しそうに鳴く。「もちろん、くまきゅうもわたしのものだよ」と言ってあげると、くまきゅうも嬉しそうにする。

「それで、ユナ。ビッグボアは他にもいるの？」

くまゆるに抱きついているセニアさんが尋ねてくる。

「この周辺にはいないと思うけど、少し離れた場所だと分からないよ」

あくまで、探知スキルの効果範囲内の話だ。

「周辺にいないって、そんなことが分かるのか？　まるでクマみたいだな」

「くぅ～ん」

「おまえのことじゃない」

くまゆるが鳴くとすぐにトウヤが否定する。

「それじゃ、一応冒険者ギルドには報告をしたほうがいいな」

本来は街の近くには魔物は出ないらしい。だから、子供たちの遊び場になっているとセニアさんが教えてくれる。それに魔物の出現報告は冒険者の役目でもあるという。

そういえば、そんなルールがあったね。

冒険者になりたてのとき、その報告をしなかったら、ヘレンさんに怒られたのは懐かしい思い出だ。

だけど、あのときは知らなかったんだからしかたない。

トウヤの手当ても終えたわたしたちは、くまゆるとくまきゅうに乗って街に戻ってきた。一応怪我人だからトウヤにも乗るか尋ねると、もの凄《すご》く悩んだ顔をしたかと思ったら、「大丈夫だ。自分で歩ける」と断られた。

でも、街に行く間、チラチラとくまゆるに乗るセニアさんのほうを見ていた。

どうしてかな？

わたしたちが街に戻ってくると、ジェイドさんとメルさんが走ってくる姿があった。

「トウヤ、大丈夫か？」

「なに、そんな心配そうにしているんだ」

「だって、フィナちゃんとルイミンちゃんから話を聞いて」

どうやら、フィナとルイミンから話を聞いて、駆けつけてくれたみたいだ。

「ビッグボアぐらい大丈夫だ」

「そのわりには怪我をしている」

「トウヤ、本当に大丈夫なの？」

「ちょっと、弾き飛ばされただけだ。それにクマの嬢ちゃんのくまゆるに助けてもらった」

「「くまゆる？」」

ジェイドさんとメルさんが首を傾《かし》げる。

確かに違和感があったけど、トウヤがくまゆるの名前を呼んでいた。

全員がトウヤに視線を向ける。

「嬢ちゃんの黒いクマだ！　セニア、さっさと冒険者ギルドに報告しに行くぞ」

トウヤはなにかを誤魔化すように、セニアさんと一緒に冒険者ギルドに向かって歩きだす。

わたしも一緒に行かないといけないのかな、と面倒くさそうにしたら、トウヤとセニアさんがわたしが倒したビッグボアもついでに報告をしてくれるという。

トウヤ曰く「クマの嬢ちゃんがビッグボアを倒したと言っても誰も信じない」

セニアさん曰く「逆にユナのことを説明するのが面倒」

と言われた。報告しに行かないで済むのは楽でいいけど、なにか悲しい。

あとで聞いた話では、冒険者によって周辺の探索が行われることになったらしい。

ビッグボアが現れた原因は不明だったが、食べ物を探しにやってきた群れだったのではとセニアさんは言っていた。


宿屋に戻ってくるとフィナとルイミンが出迎えてくれる。２人はわたしを見ると安心したように駆け寄ってくる。

「ユナお姉ちゃんが強いのは知っているけど、やっぱり心配です」

「くまゆるちゃんと、くまきゅうちゃんがいても、魔物と戦うのは危険だから」

２人には心配をかけたみたいだ。

いろいろとあって、宿屋へ戻ってきたわたしは部屋で休むことにする。フィナとルイミンには出かけてもいいと言ったけど、子熊化したくまゆるとくまきゅうと遊んでいる。

部屋でのんびりとしていると、ドアがノックされる。

「俺だ」

トウヤの声だ。ドアを開けると壺《つぼ》を抱えたトウヤが立っていた。冒険者ギルドに報告して戻ってきたらしい。

「なに？」

もしかして、ビッグボアの討伐に参加しろなんて言わないよね。

一応、街の周辺は確認したつもりだ。いるとしても街から離れないといけない。面倒だから断りたい。でも、トウヤの口から出た言葉は違った。

「ハチミツだ。クマにあげてくれ。今日の礼だ」

トウヤは手に持っていた壺をわたしに差し出す。

どうやら、くまゆるにハチミツを持ってきてくれたみたいだ。

「くまゆるに？」

「白いクマにもだ。セニアを連れてきてくれたからな。それに片方だけじゃ可哀想だろう。今日は助かったと言っておいてくれ」

トウヤはそれだけを言うと自分の部屋に戻っていく。

「くまゆる、くまきゅう、トウヤがお礼だって」

わたしは、子熊になってベッドの上でフィナとルイミンと遊んでいるくまゆるとくまきゅうに声をかける。わたしがハチミツが入った壺を持ってベッドに近寄ると、くまゆるとくまきゅうが近寄ってくる。

「トウヤさん、なにを持ってきたんですか？」

「ハチミツだね。くまゆるとくまきゅうへのお礼みたい。くまゆる、くまきゅう、食べる？」

「くぅ〜ん」

食べると言うのでわたしはスプーンを取り出して、ハチミツをくまゆるの口に運ぶ。

「美味しい？」

「くぅ〜ん！」

美味しいみたいだ。

次にまたハチミツをスプーンですくい、くまきゅうの口に運ぶ。

くまきゅうも美味しそうに食べる。

「ああ、ユナさん、わたしもやりたいです」

「わたしも」

わたしがくまゆるとくまきゅうにハチミツをあげているところを見ていたルイミンとフィナが、自分たちもやりたいと言いだす。

「それじゃ、ベッドの上にハチミツをこぼしたら大変だから、テーブルでね」

「「はい！」」

フィナはくまゆるを、ルイミンはくまきゅうを抱えてテーブルに向かう。わたしはテーブルの上に壺を置き、もう一つスプーンを取り出して、フィナとルイミンに渡す。

2人は膝に抱えたくまゆるとくまきゅうに、ひな鳥に餌《えさ》をあげるようにハチミツを食べさせる。

「なんだか、癒やされます」

「くまゆるちゃんと、くまきゅうちゃんは可愛《かわい》いです」

「あまり、食べさせすぎないでね」

まあ、大丈夫だと思うけど、注意だけはしておく。

食べ終わると、くまゆるとくまきゅうの口元は大変なことになっていた。送還しようとしたが、今日のお礼を兼ねてお風呂で洗ってあげることにした。

449 クマさん、野次熊（馬）になる

ビッグボアを討伐した翌日、トウヤが鍛冶屋《かじ》のクセロさんのところに試験を受けに行くというので、一緒に行くことにする。

体のほうは、もう大丈夫みたいだ。

「別に、みんなでついてこなくてもいいんだぞ」

一番前を歩くトウヤが後ろを振り返る。

「暇だから」

「暇だしね」

「暇」

「ユナお姉ちゃんが行くから」

「ユナさんが行くなら」

「俺はパーティーリーダーとしてだな」

まあ、結局は暇つぶしの野次馬だ。それに近日中には帰ることになっているから、気になることは確認しておきたい。

トウヤはわたしたちの言葉に小さくため息を吐いて、諦めたように歩きだす。

わたしたちは早朝から、ぞろぞろとクセロさんの鍛冶屋にやってくる。

「来たか」

「おう、試験を受けに来たぜ」

試験のチャンスは３回。３回のうち１回でも、クセロさんの息子さんが作った鉄の剣をミスリルの剣で斬ることができれば合格になる。野球なら、一流バッターだと言われるけど、剣の試験として合格ラインが甘いのかキツイのか分からない。

「それで、できるようになったのか？」

「これを見てくれ」

トウヤは斬れた剣と、ビッグボアの赤い角を取り出す。

数回に一回は剣を斬ることに成功するらしいけど。その確率がどれほど高くなっているかが問題だ。

「少し、ビッグボアの噂《うわさ》を聞いたが、おまえさんがやってくれたのか」

「まあな」

「嘘《うそ》、頑張ったのはユナ」

トウヤの言葉にすぐにセニアさんが否定する。

「いや、俺も頑張ったぞ。ちゃんと2体倒している」

「昨日、聞いた話だと、くまゆるがビッグボアを押さえているときに攻撃したって言っていた」

「うっ、それは」

「他のビッグボアはユナが倒した」

「……でも、ビッグボアの赤い角を斬ったのは事実だろう」

トウヤはセニアさんにビッグボアの赤い角を突き出す。

「ユナは3本、トウヤは1本」

「うぅ」

セニアさんの言葉にトウヤは肩を落とす。

「ほれ、俺も暇じゃないんだ。やるのか、やらないのか」

「やるに決まっているだろう」

トウヤは準備を始める。


……そして、試験の結果。

「ちょっと、待ってくれ。なにかの間違いだ」

試験は3回連続で失敗した。

「もう一回、もう一回だけ、やらせてくれ。ああ、きっと、刃こぼれしていたんだ」

「綺麗なものだぞ」

「トウヤ。昨日、自分で手入れをしていただろう」

同室のジェイドさんが暴露する。

「クセロのおやっさん、頼む。もう一回チャンスを」

トウヤは手を合わせてクセロさんにお願いする。

「わかった。1回だけだぞ」

クセロさんはしかたなさそうに了承する。

そして、結果は4回目も失敗する。

それから、トウヤのもう一回が何度も続き、10回目で成功して、試験に受かることができた。

これって、受かったことになるの？

成功率、3割3分3厘と1割だとかなり違う。野球のゲームでも、1割バッターと3割バッターでは天と地の差がある。1割では一軍になれない。

「ビッグボアの赤い角と、その怪我に免じて合格にしてやる。ジェイド、しっかりこいつの面倒を見るんだぞ」

「わかってます」

そして、クセロさんはジェイドさんにあらためて声をかける。

「それでジェイド、おまえさんは準備はいいか？　大丈夫なら、これから試しの門に行くぞ」

今日は試しの門の試練が始まって2日目。

試しの門が閉まった話は聞かないので、試練は行われているみたいだ。

「いつでも、行けますよ」

「なら、行くか。さっさと終わらせて、こいつの剣を作らないといけないからな」

このまま試しの門の試練に挑戦するようなので、わたしたちも一緒についていくことにする。

ジェイドさんが挑戦しているところを見ることはできないけど、ちゃんと試練が行われているか気になるからね。

そして、長い階段の下までやってくる。

「何度見ても、この長い階段だけは勘弁してほしいわね」

「うん、この上に試しの門を作った人、バカ」

メルさんとセニアさんは面倒くさそうに階段を見上げる。

まあ、聞いた話だと、地形とか、魔力の流れとか、色々と理由もあっただろうし、しかたないのかな。面倒なのは同意だけど。

「トウヤは宿で休んでいていいんだぞ。まだ、体が痛むんだろう」

「別に、このぐらい怪我のうちに入らないから大丈夫だ。なんなら、俺が代わってやろうか？　試験にも受かったんだし」

「あれはおまけのおまけのおまけだろう」

なんでも、トウヤがクセロさんの試験に受かったら、ジェイドさんがクセロさんに口添えして、試練を代わってあげると言ったらしい。

「なにを勝手なことを約束しているんだ」

「すみません。トウヤが試験に受かればと思って」

「まあ、トウヤが10本中、10本成功するなら、俺が頭を下げてお願いしたが」

それだけ優秀ならお願いするね。

「でも、1本だからな」

「1本って言うな。成功は成功だろう」

「でも、魔物と戦ったとき、チャンスは10回もないぞ。その前に俺が倒すからな」

「それにこっちにチャンスがあるってことは、相手にもそれと同じだけの攻撃のチャンスがあるってことよ」

　ターン制のゲームじゃないから、一概には言えないけど、力が同等なら自分だけチャンスがあるわけじゃない。格下なら、毎回自分のターンかもしれないが。力が同等、あるいは相手のほうが上手なら、攻撃のチャンスは相手のほうが多いかもしれない。多いってことは危険が増えるってことだ。

　だから、自分に攻撃のチャンスがあったら、早めにそのチャンスをものにしないといけない。チャンスを早めにものにできなければ、自分だけじゃなく、仲間も危険にさらすことになる。

「いつかは、ジェイドに『頼む』って言わせてやる」

「ああ、待っているよ」

　ジェイドさんは笑いながら言う。


　そして、わたしたちは長い階段を上って試しの門の前までやってくる。

「やっと、着きました」

　フィナが昨日に続き、自分の力で上りきる。

「はい。水」

「ユナお姉ちゃん、ありがとう」

フィナはコクコクと水を飲む。

「ああ、いいな。ユナちゃん、わたしにもちょうだい」

「わたしも」

「わたしもください」

メルさん、セニアさん、ルイミンも水を欲しがるので、コップを出して、水を入れてあげる。

「嬢ちゃん、俺にも」

「俺も頼む」

ジェイドさんとクセロさんにも頼まれ、結局全員に水を用意してあげることになった。


一休みしたわたしたちは試しの門に向かう。

昼近いこともあって、すでに何人かの冒険者や鍛冶職人の姿がある。無事に2日目を迎えているようだ。これでわたしの責任はなくなったはず。

でも、やはりと言うべきか。試練の様子を見ることができないから見学者はいない。

まあ、見学もできないのに好き好んで長い階段を上ってこないよね。わたしだって、クマ装備がなければ絶対に上りたくない。そもそも、クマ装備がなければ、わたしの体力では上ることはできない。エスカレーターかエレベーターかリフトを設置してほしいぐらいだ。

「それじゃ、行ってくる」

「すぐに戻ってくるんじゃないぞ」

トウヤの言葉にジェイドさんは「ああ」と返事をして、クセロさんと試しの門に向かい、受付の列に並ぶ。順番待ちをしていると、ギルドマスターのタロトバさんがわたしに気づいて、なぜかため息を吐く。そして、鍛冶職人と冒険者を連れて試しの門の中に入っていく。

なんだったんだろう。

そして、ジェイドさんの番になり、クセロさんと一緒に試しの門の中に入っていく。

「ああ、俺も挑戦したかったな」

「見習い鍛冶職人だったら、させてくれるんじゃない？」

「それじゃ、見習い鍛冶職人が勘違いするだろう？」

「どういうこと？」

「俺が使ったら、剣の性能以上の力を発揮しちゃうだろう。それじゃ、見習い職人のためにならないからな」

「…………」

トウヤの言葉を聞いた全員の口が開いたままになる。

どこから、そんな強気な言葉が出てくるかな。

トウヤらしいといえばトウヤらしいけど。このめげないところがトウヤの長所なのかもしれない。

そんなトウヤたちとバカな会話をしながらジェイドさんたちを待っていると、ジェイドさんとクセロさんが戻ってくる。

「ジェイド、どうだった？」

「……ああ、その、なんだ。まあ、それなりに」

なにか歯切れが悪い。もしかして、上手くいかなかったのかな？

そして、ジェイドさんはわたしのところにやってくると、なぜかわたしの頭の上に手を置く。

なに？

「クセロのおやっさん、どうだったんだ？」

「う～ん、今回の試練はいつもと違った。ギルマスは相手が出るたびに頭を抱えていた」

ジェイドさんが答えてくれないので、トウヤがクセロさんに尋ねるが、クセロさんも歯切れが悪い。

「まあ、試練の内容は話せない」

「別に少しぐらいいいだろう」

「ただ、キツイ試練だったのは間違いない」

ジェイドさんとクセロさんは最後まで歯切れが悪かった。

なぜか、チラチラとわたしのことを見ていた。

尋ねても、目を逸《そ》らされるだけだった。

なんだろう。もの凄《すご》く気になるんだけど。

450 ジェイド、試練に挑戦する

俺は仲間たちと別れ、クセロさんと一緒に試しの門に向かう。2組ほど並んでいる。ちょうど、試練が終わった1組が鍛冶《かじ》ギルドのギルドマスターと出てくる。

冒険者と鍛冶職人は悔しそうな顔をしていたが、ギルドマスターはため息を吐《つ》いて、疲れた表情をしている。

ギルドマスターは毎回立ち合うことになっているから、疲れているのかもしれない。大変な仕事だ。

そして、俺たちの番になる。

「次はクセロか。去年と違う冒険者のようじゃな」

ギルドマスターが俺を見る。

もしかして、ギルドマスターは試練に挑戦した冒険者の顔を、全員覚えているのか？

「ああ、怪我をしたようでな。それで、今回は俺のところに剣を頼みに来たこ奴に頼むことにした」

「そうか。それは運がなかったが、頑張ってくれ」

俺とクセロさんは、ギルドマスターと一緒に試しの門をくぐり、通路を進み、階段を下っていく。前に試しの門に1回だけ挑戦したことがある。前回となにも変わっていない。

階段を下りていくと、魔法陣があり、そこに武器を突き立てることによって試練が始まる。

「準備が整いしだい始めてくれ」

「分かりました」

俺はクセロさんが作った剣を魔法陣に突き立てる。すると魔法陣が光り、前方の土が盛り上がっていく。

「ジェイド、現れるぞ」

俺は魔法陣から剣を抜き、構える。

現れたのは大きなクマだった。

クマは座っているだけで動かない。ただの置物のようだ。

「…………」

なんでクマなんだ？

止まっている対象物を斬るにしても、本来なら壁や岩だったはず。

なのに、なぜ、クマ？

クセロさんは驚き、ギルドマスターはため息を吐いている。

この無抵抗に座っているクマを斬らないといけないのか？

クマは土の塊で、魔力で硬化されているだけの置物だ。これは試練で、剣の切れ味と扱う者の技術を問うものだ。

だから、目の前のクマを斬らないといけない。

俺は動かないクマに近づき、握る剣に力を込める。そして、魔力で硬化されているクマの置物に向かって剣を振り下ろす。クマの体は右肩から斜めに斬られる。

クマの置物は崩れ落ち、1戦目の試練が終わる。

もの凄《すご》い罪悪感に襲われる。斬ってはいけないものを斬ってしまった感覚だ。

試しの門の前で別れたユナや、ユナの召喚獣のクマたちの顔が浮かんでくる。

自分に、これは試練だと言い聞かせる。

ちょっとの心の隙が、試練の失敗をもたらす。

心を落ち着かせると次の試練が始まる。

地面が盛り上がっていく。現れたのは複数の小さなクマだった。

ユナの小さいクマが脳裏に浮かぶ。

落ち着かせた俺の心が乱れる。

落ち着け。軽く息を吐いて、心を落ち着かせる。

「ジェイド!」

クセロさんが叫ぶ。

小さいクマたちが動く。

次の試練は動く対象物を正確に斬ることができるかどうかの試験らしい。

子グマたちが俺の周りを走り回る。

その子グマたちが、小さくなったユナの召喚獣とイメージと重なる。

俺の心は乱れる。子グマが襲ってくるが、対処が遅れる。

いつもなら斬れるタイミングなのに、反応が遅れて斬れなかったりする。

前に似たような試練があったが、ウルフだった。

なんで、今回はクマなんだ！

俺は目の前に迫ってくる子グマを斬る。

「くそ」

1体だけじゃない。全てのクマを斬らないとけいない。

俺は息を切らせながら、子グマを全て斬った。

自分が悪人になったような気分だ。無理やりに悪いことをしているような。悪いと分かってもやらなければならない罪悪感。そんな気持ちが俺の心を揺さぶる。

心の試練もあると知っていたが、1戦目、2戦目で行われることはなかったはずだ。

これも試練の一つなら、最悪の試練だ。

「ジェイド、顔色が悪いが大丈夫か？」

クセロさんが心配そうに尋ねてくる。

「ええ、大丈夫です」

俺は深呼吸して、心を再度落ち着かせる。

これは試練だ。ユナのクマとは関係はない。

3戦目の試練は大きなクマだった。

またしても俺の心を揺さぶる相手だ。

ユナのクマと対峙《たいじ》しているような感覚だ。俺は心を落ち着かせる。どうして、こんな試練になる。もしかして、俺の心を読み取ってクマの形にしているのかもしれない。

クマが襲ってくる。

俺はクマの攻撃を躱しながら隙を窺《うかが》う。

戦っている最中なのに、ユナの可愛《かわい》らしいクマたちの顔が頭の中に浮かび、さらに「くぅ～ん」って鳴き声まで聞こえてくる。

俺は頭を振って、頭の中に浮かんだクマを振り払う。

今は目の前のクマに集中しろ。

目の前のクマとユナのクマは関係ない。

作りもののクマも倒せないようでは、狂暴なクマが現れたとき、本当に斬ることができなくなる。

俺は心を鬼にして、クマと戦う。

精神は疲労し、剣先が鈍るが、どうにか3戦目の試練もクリアすることができた。

4戦目が始まる。

土が盛り上がっていく。

頼む。どうにか、これ以上クマだけはやめてくれ。

俺の願いは半分届いたが、そうじゃない。

4戦目はクマの格好をした女の子だった。間違いなくユナの姿を模している。

どうして、ユナが現れる。

もしかすると、俺の心の中にあるユナの強さに対しての嫉妬《しっと》が生み出したのかもしれない。

ユナは強く、どんな魔物にも立ち向かっていく。

俺が倒せないと思った魔物も倒す。

だから、俺の前にユナが現れたのかもしれない。

俺は剣を下ろして、クセロさんに試練の放棄を宣言する。クセロさんは何も言わずに「分かった」とひと言返事してくれる。俺は魔法陣に剣を刺す。これで試練は終了だ。

疲れた。

できれば、二度としたくない。

「確か、ジェイドといったな。おまえさん、クマの格好をした女の子を知っているのか？　試練を受ける前、一緒にいたようだが」

俺が剣を鞘《さや》に収めるとギルドマスターが話しかけてくる。

「ええ、知っていますよ」

ギルドマスターの口ぶりからして、彼はユナのことを知っているみたいだ。

「だから、やめたのか？」

「それもありますが、偽物とはいえ、彼女と戦うのが怖かったのかもしれません。彼女は強い。

本気で戦って、負けでもしたら、落ち込みますからね」

「おまえさん、ランクＣだったな。そんなおまえさんから見ても嬢ちゃんはそこまで強いのか？」

ギルドマスターの言葉にクセロさんも尋ねてくる。

「強いですよ。武器の扱いをハッキリ見たわけじゃないですけど、手慣れているのはわかります。さらに魔法の技術も高い。なにより、心が強い。大の男でも魔物と戦うのは怖いものなんですよ。それを平然と戦う。場慣れした猛者《もさ》のようですよ」

一人で、ブラックバイパーと戦いに行くのも分からないし、ワームとも平然と戦う。巨大なスコルピオンも倒す。もし俺が一人なら、逃げだしている。戦おうとも思わない。今の俺は仲間がいるから戦えている。俺が前衛で戦っていても、後ろから援護をしてくれる仲間、危険なときは声をかけてくれる仲間。そんな信頼できる仲間がいるから、強い魔物とも戦える。だから、一人で戦えるユナは強い。

でも、あのクマの格好からは、強いとは想像もできないんだけどな。


そして、試練の賞品である鉄が出てくる。それは小さなクマの形をしていた。

ギルドマスターがユナのことを知っているということは、今回の試練はユナが関わっているのかもしれない。でも、ユナがどう関わっているか聞くのが怖いので黙っておく。

俺は鉄のクマを手にする。すると部屋が薄暗くなる。

「今年の試練はこれで終了だな」

ギルドマスターはなにか安堵《あんど》するような表情を浮かべている。

「なんだか、今年は早くないか？」

「過去には1日のときもあったんだ。たまにはそんな年もある。ほれ、上に戻るぞ」

ギルドマスターは俺たちの背中を叩《たた》く。

戻ってきたギルドマスターが終了したことを報告すると、次に待っていた鍛冶職人は、悔しそうにする。

誰も2日目で終わるとは思っていなかったんだろう。

俺とクセロさんがみんなが待っている場所に移動すると、ユナが俺のことを見ている姿がある。俺はなんとなく、ユナの頭の上に手を置いた。

451 クマさん、鍋やフライパンを受け取る

試しの門はジェイドさんが最後の挑戦者となって終わりを告げた。

待っていた人には悪いけど、無事に終わってよかった。……無事に終わったよね？

ジェイドさんたちと別れたわたしは、フィナとルイミンを連れて、ロージナさんのところに向かう。

頼んでいた品物を受け取るためだ。

「ロージナさんから鍋を受け取ったら、帰るんですよね」

「結構長くいたから、そろそろ帰らないとね」

クマフォンを使って、シュリやティルミナさんに定期的に連絡はしていた。

でも、ゲンツさんが心配しているみたいだから、そろそろ帰ったほうがいい。

それにルイミンは家に連絡をしていない。

ルイミンの家族にも連絡をしてあげたかったけど、エルフの村でクマフォンを持っているのはルイミンだけだから、連絡することはできなかった。

だから、荷物を受け取ったら帰るつもりだ。


お店の中に入ると店番をしているリリカさんが出迎えてくれる。

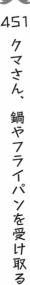

「みんな、いらっしゃい」

「ロージナさんは？　今日には頼んだものができ上がるって聞いたんだけど」

「できているよ。奥の部屋にあるから、来て」

わたしたちはリリカさんの後をついて、奥の部屋に行く。部屋に入るとわたしたちが頼んだと思われる鍋やフライパンなどの調理道具が積み上げられている。

「こっちがユナちゃん、こっちがフィナちゃん、こっちの一番多いのがルイミンちゃんに頼まれたものだよ。確認してもらえる？」

一番少ないのがわたし、次に多いのがフィナ、凄《すご》く多いのがルイミンだ。

わたしは自宅用と予備のクマハウス用に買っただけだ。それから、今のところ使う予定はないけど、フィナが孤児院用に大きな鍋を頼んでいたので、わたしも一緒に頼んでしまった。

フィナは自宅用とお店用、孤児院用。

ルイミンは、母親のタリアさんが村を回って注文を受けてきたので一番多い。

「フィナ。確認したら、言ってね。わたしのアイテム袋にしまうから」

わたしは白クマさんパペットをパクパクさせる。

「はい」

フィナとルイミンはメモを見ながらチェックを始める。

わたしも確認をする。鍋やフライパン、他の調理道具。……たぶん、頼んだものは全てそろっている。適当に注文したから、覚えていない。まあ、急ぎで使う予定はないので、多少違っていても問題ない。

「わたしのほうは大丈夫だよ」

数が一番少ないので、すぐに終わる。

「わたしの分も大丈夫です」

フィナも確認が終わったみたいだ。

「ああ、もう少し待って」

わたしとフィナは確認を終えるが、ルイミンは数が多いので終わらない。

「ゆっくりで大丈夫だよ。それじゃ、ユナちゃんとフィナちゃんは代金を確認してもらって、OKならサインをお願い」

わたしとフィナは代金が書かれている領収書を確認してサインをする。

「フィナ、お金は足りる？　足りなかったら、わたしが出すよ」

お店で使うものだ。わたしが払っても問題はない。

「だ、大丈夫です。お母さんから、ちゃんとお金を預かっています」

フィナはアイテム袋からお金を出す。わたしもお金を出す。

リリカさんはお金を確認する。

「はい、ちゃんとあります」

わたしは自分の分とフィナの分の調理道具をクマボックスにしまう。

「わたしも確認できました。大丈夫でした」

たくさんのメモを持ったルイミンが確認を終える。そして、値段を確認して、お金を払う。

「ルイミンはお金は大丈夫？」

一番、数が多いから、払うお金も一番多い。

「はい。みんな、ちゃんとお金を多めに用意してくれましたので。それに安くしてもらえましたので、大丈夫です」

「リリカさん、本当に安くしてもらって大丈夫なの？」

「大丈夫ですよ。ちゃんと材料費から計算していますから、しっかり利益は出ています。お父さんのお酒が買えないぐらいです」

リリカさんは笑顔で言うけど、それってドワーフにとって死活問題にならないかな？

ドワーフといえば、お酒をたくさん飲むイメージがある。わたしは心の中でロージナさんに「御愁傷様です」と呟《つぶや》く。

わたしたちがお金を払い、調理道具をアイテム袋にしまうと、奥のドアが開きロージナさんが出てくる。

「嬢ちゃんたち、来ていたのか？」

ロージナさんは欠伸《あくび》をする。

「そうだ。ユナちゃん、聞いて。お父さん、みんなに頼まれたものを作り終えると、いきなり剣を叩《たた》き始めたんですよ」

その言葉に、わたしを含め、フィナ、ルイミンも驚く。

「まあ、ガザルとゴルドのナイフを見たり、嬢ちゃんの戦いを見たら、ほんの少しだけ叩きたくなっただけだ」

ロージナさんは、少し恥ずかしそうに言う。

「それじゃ、武器職人に戻るの？」

「腕が鈍っているから、簡単には戻れん。でも、これまでのように鍋を作りながら、気長に打つことにした。ガザルやゴルドが戻ってきたときに、恥ずかしいところを見せたくないからな」

「お父さん……」

ロージナさんの言葉に、リリカさんは嬉しそうにする。

「嬢ちゃんたちは、王都に帰るんだよな？」

「うん」

王都には帰らないけど。

この街で買った家に設置したクマの転移門で、エルフの森に転移して、ルイミンを送り返したあと、そのままクリモニアに帰る予定だ。

でも、そんなことを知らないロージナさんはわたしが王都に行くと思っている。

「それで、嬢ちゃんにお願いがあるんだが」

ロージナさんはリリカさんのことを一瞬見たあと、わたしのほうを見る。

「なに？」

「リリカをガザルのところに連れていってくれないか？」

「お父さん！」

ロージナさんの言葉にリリカさんが声をあげる。

わたしも驚くが、リリカさんも初耳だったみたいだ。

「いつまでも、ガザルがいなくなったことにウジウジするな。ガザルに会ってこい。あいつのことが好きなんだろう」

「……」

リリカさんは黙ってしまう。

リリカさん、ガザルさんに好意があるような感じはしていたけど、やっぱり好きだったんだ。

「店のことなら大丈夫だ。それにフラれたら、戻ってこい」

「お父さん。でも、お母さんは？」

「もう、許可は出しているわよ」

ロージナさんの後ろから母親のウィオラさんが出てくる。

「リリカ、行ってらっしゃい。お店は2人でも大丈夫だし、人が足りないようなら、雇えばいいだけよ」

「でも」

「それにあなたも大人でしょう。好きなことをしなさい。ガザルの知り合いのユナちゃんが来たのは、何かの縁よ」

「それに嬢ちゃんなら、そこらの冒険者より強いから、安心しておまえを任せられる。なにより嬢ちゃんは女の子だからな、その点も安心できる」

まあ、ジェイドさんたちみたいに男女混合パーティーならともかく、大事な娘を男性冒険者に預けるのは不安だよね。

「でも、いきなりそんなことを言われても。ユナちゃんも困るよね」

困ると言えばクマの転移門が使えないことだ。でも、ロージナさんにはお世話になったし、ガザルさんとゴルドさんの師匠だ。断ることはしたくない。

「わたしはいいよ。でも、リリカさんがフラれたらどうするの？」

リリカさんの気持ちは分かった。でも、ガザルさんの気持ちは分からない。もしかして、わたしが知らないだけで、ガザルさんには付き合っている女性がいるかもしれない。もし、リリカさんがフラれでもしたら、わたしとしてはそれが一番困る。恋愛経験がないわたしにリリカさんを慰めることなんてできない。

「ユナちゃ〜ん。どうして、そんなことを言うの」

リリカさんはわたしの体を叩く。痛くないけど、そんな場面になったら、困るのはわたしだからだ。男にフラれた女性を慰めたことなんてない。さすがにフィナに頼むわけにはいかないよね。

チラッとフィナを見る。まだ、10歳の女の子。恋愛経験はないよね？

「まあ、そのときは面倒かもしれないが、連れて戻ってきてくれ。ちゃんと護衛の代金は支払う」

　落ち込むリリカさんと一緒に戻ってくることを想像するだけで嫌なんだけど。そうなったら、クマの転移門を使って、連れてくるのがいいかもしれない。

「うぅ、どうして、フラれる前提みたいになるの？　娘を送り出すんじゃなかったの？」

「ガザルがリリカのことを大切に思っていたことは知っている。ただ、妹のように見ていたことも知っている」

「うぅ」

「でも、手紙におまえのことを心配することが書かれていた。今でも、大切に思っているのは間違いない。あとはリリカ、お前の気持ちしだいだ」

「お父さん……」

「だから、行ってこい」

「お父さん、お母さん、本当にいいの？」

　リリカさんはロージナさんとウィオラさんを見る。

「行ってらっしゃい」

「俺の気持ちが変わらないうちに行け」

　娘のリリカさんに対して、２人は背中を押す言葉をかける。

　父親らしく、母親らしく、優しい目でリリカさんを見る。

「お父さん、お母さん、ありがとう」

リリカさんは2人に抱きつく。

「ほれ、今日は仕事しないでいいから、支度をしてこい」

「うん！」

リリカさんは部屋から出ていく。

「嬢ちゃん。すまないが、娘のことをよろしく頼む」

ロージナさんは頭を深く下げる。

「もし、ガザルの奴がリリカを捨てたら、俺の代わりに1発殴っておいてくれ」

「それなら、わたしの分もお願いね」

ロージナさんとウィオラさんにガザルさんを殴る権利を2発もらった。でも、わたしが思いっきり殴ったら、大変なことになるよね。

とはいえ、遠くまでやってきた女の子をフるんだ。そのぐらいの覚悟はしてくれないと、ダメだよね。


それから、わたしたちはリリカさんの支度のお手伝いをする。

「うぅ、持っていく荷物が多いよ。でも、王都で買うとお金がかかるし。それに、ガザルに彼女がいたら、無駄になるよね」

「荷物なら、わたしのアイテム袋で運んであげるよ。だから、ガザルさんにフラれても大丈夫だよ」

「ユナちゃん、そこはフラれないから大丈夫だよって言ってよ」

そんなことを言われてもガザルさんの気持ちは知らないから、無責任なことは言えない。

リリカさんは服を中心に荷物の準備をする。それをわたしがクマボックスにしまっていく。

「本当に知り合いに王都に行くことを伝えないでいいの？　なんだったら、もう少し出発を遅らせてもいいよ」

「それじゃ、もしガザルにフラれたら、戻りにくくなるでしょう。だから、王都に残ることになったら手紙を出すよ」

確かに。王都にいる男のところに行くと言って、フラれて戻ってきたら、恥ずかしくて街に帰ってこられないよね。

なんだかんだ言って、リリカさんも不安なのかもしれない。


そして、リリカさんの出発の準備を終え、夕食に誘われたが、リリカさんが王都に住むことになれば、家族だけで食事をすることができなくなる。

なにより、家族が会話をする大切な時間を奪うようなことはしたくなかったので、丁重に断った。

リリカさんには明日の朝、宿屋で待ち合わせる約束をして、わたしたちは宿に戻った。

ちなみに王都までの護衛料の話は丁重に断っておいた。

その理由は、わたしが鉄のクマをもらったからだ。本来は試しの門から出てきた鉄は鍛冶《かじ》職人のものになる。それをわたしがもらうことになったので、差し引きしても、わたしがもらいすぎだ。

だから、護衛料は不要とした。

452 クマさん、エルフの村に戻ってくる

翌日、朝早くにリリカさんが宿屋にやってくる。荷物はすでにわたしのクマボックスに入っているので、小さなカバンを持っているだけで、身軽な格好をしている。

「リリカさん、早いね」

「だって、お父さんが『フラれたら、すぐに戻ってこいとか』、『フラれたら、俺がいい男を見つけてやる』とか、うるさいんだもん」

「それだけ、リリカさんが心配なんだよ」

「昨日はカッコイイと思ったのに」

まあ、一晩経ったら、やっぱり寂しくなったんだろう。それだけ愛されているってことだ。どこかみたいに口もきかない親子もいる。それを考えれば、いいことなんだと思う。でも、娘離れができない父親も困るけど。


リリカさんが来たので、わたしたちも出発の準備をする。

「みんな、忘れ物はないね」

「はい」

「大丈夫です」

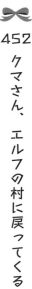

1週間ほどお世話になった部屋を後にして、1階に下りると、ジェイドさんたちの姿がある。

どうやら見送ってくれるみたいだ。

ジェイドさんたちはトウヤの剣のこともあるので、しばらくはこの街に残ることになっている。

「嬢ちゃんには世話になったな。クマたちにもよろしく言っておいてくれ」

「ハチミツ、美味《おい》しそうに食べていたよ」

「そうか」

トウヤは少し嬉しそうにする。

「うぅ、くまゆるちゃんとくまきゅうちゃんに乗りたかった」

「ふふ、わたしは乗った。とても柔らかかった」

メルさんの言葉にセニアさんが勝ち誇った顔をする。

「でも、ロージナさんに、こんな可愛《かわい》い娘さんがいたのね」

「しかも、ガザルさんの彼女」

リリカさんは彼女って言われて少し恥ずかしそうにするが、否定はしない。

「みなさんもガザルを知っているんですね」

「王都では結構有名な鍛冶《かじ》職人だからね。冒険者なら、知っている人も多いよ」

ガザルさんが褒められているようで、リリカさんは嬉しそうにする。

「リリカさんが王都に行くなら、そこでまた会えますね」

「その、まあ。そのときはよろしくお願いします」

まあ、それはリリカさんが王都に住むことになったらの話だ。またこっちに戻ってくる可能性もある。

「うぅ、でも、ユナちゃん、先に帰っちゃうんだね」

「くまゆるとくまきゅうに乗って帰りたかった」

メルさんとセニアさんが残念そうにする。

残念ながら、一緒に帰ったとしても、くまゆるとくまきゅうは定員オーバーだ。メルさんとセニアさんの乗るスペースはない。

「トウヤを置いて、ユナと帰る方法がある」

「それよ！」

「それよ！　じゃねえよ」

セニアさんとメルさんの言葉にトウヤが怒る。

「メルもセニアもそこまでだ。ユナ、今回はトウヤがいろいろと世話になったな。今度、またクリモニアに行くよ」

「うん、そのときは食事ぐらい奢《おご》るわね。トウヤのお金で」

「どうして、俺が」

「トウヤが一番、ユナに世話になったから」

「うぅ」

メルさんの言葉にトウヤは反論できずに唸《うな》る。

「それじゃ、わたしたちは行くね」

「ユナちゃん、フィナちゃんも、ルイミンちゃん、リリカちゃん、またね」

ジェイドさんたちと別れ、街を出る。


「えっと、本当にクマさんに乗っていくの？」

リリカさんが尋ねてくる。

「そうだよ。馬車は遅いからね」

クマバスって方法もあるけど、魔力を使うし、なによりも運転をしないといけないから面倒だ。くまゆるとくまきゅうの上なら寝てても走ってくれる。

それにクマバスではエルフの森を通ることはできない。

わたしは街から少し離れると、くまゆるとくまきゅうを召喚する。

「本当に召喚って不思議だね。なにもないところから、現れるなんて」

「えっと、それじゃ。初めはわたしとフィナがくまゆる、ルイミンとリリカさんがくまきゅうね」

「初めは？」

わたしの言葉にリリカさんが首を傾《かし》げる。

「途中で乗り換えるよ。そうしないと、くまきゅうがイジケるからね」

「くまゆるちゃんとくまきゅうちゃんはユナお姉ちゃんが大好きだから、片方だけに乗り続けるとイジケちゃうんです」

フィナがわたしの言葉を補足してくれる。

「クマがイジケる。……可愛いね」

リリカさんはくまきゅうに近づく。

「ユナちゃんじゃないけど、お願いね」

「くぅ～ん」

くまきゅうは返事をすると、腰を下ろし、リリカさんが乗りやすくしてくれる。

「ありがとう」

「あっ、わたしも」

リリカさんはくまきゅうに乗り、その後ろにルイミンが乗る。わたしとフィナもくまゆるに乗り、出発する。目指すはエルフの村、ルイミンの家だ。

わたしたちを乗せたくまゆるとくまきゅうは走りだす。

「リリカさん。速度を上げるけど、怖くなったら、言ってね」

「うん、わかった」

速度を上げるが、リリカさんはしっかりくまきゅうに摑《つか》まり、落ちないようにする。

「そんなに力を入れなくても大丈夫だよ。軽く乗っているだけでも落ちないから」

「うん」

リリカさんは力を抜いて、くまきゅうに乗る。

わたしたちを乗せたくまゆるとくまきゅうは街道を走り、途中から、草原を横切り森の中に入っていく。森の中も迷うこともなく進んでいく。

「ユナさん。なんで、迷うこともなく走れるんですか？」

「くまゆるとくまきゅうが道を覚えているからね」

くまゆるとくまきゅうは一度通った道なら覚えている。だから、指示を出さなくても、目的地まで連れていってくれる。

行きはルイミンの曖昧《あいまい》な記憶でゆっくりと進んだ道も、くまゆるとくまきゅうは迷わずに駆けていく。

わたしたちを乗せたくまゆるとくまきゅうは山奥の橋を渡る。わたしが行きのときに作った橋だ。

「もう、ここまで戻ってきてしまいました」

行きと帰りでは速度が違う。進む道が分かれば、早いものだ。

行きは1泊2日のところが、夕刻にはエルフの村の近くまで戻ってきた。このまま進めば、今日中に到着することができる。ただ、森の中は暗い。クマのライトを使えば進むこともできるが、無理に今日中にエルフの村を目指すこともない。なにより夜中に村に着けば迷惑がかかる。

「それじゃ、今日はこの辺りで野宿して、明日の朝に村に行こうか」

「村までもうすぐですよ」

「夜中に帰っても迷惑になるよ。それなら、朝に村に帰ったほうがいいでしょう」

「お父さんとお母さんなら、大丈夫ですよ」

「わたしが嫌なの。ルイミン、一人で行く？」

ここで別れれば、真っ暗な森の中を一人で歩くことになる。それにくまゆるとくまきゅうがいなければ迷う可能性もある。知っている道でも、暗闇なら道に迷うこともある。

「ユナさん、意地悪です」

そんなことを言われても、夜中に人様の家に行くほど、図太い神経は持っていない。行けば、寝床も借りることになる。たとえ、部屋を借りなくても、クマハウスを使うことになれば、ここで野宿するのと変わらない。面倒なやり取りをするくらいなら、ここで1泊したほうがいい。なにより、クマハウスのほうが落ち着いて寝ることができる。

「うぅ、分かりました」

「それじゃ、ここで野宿するんですか？」

リリカさんが周囲を見渡す。

森の中だ。薄暗く、獣が近寄ってくるかもしれない。

「危なくないですか？」

「家を出すから、大丈夫だよ」

「家？」

わたしは周囲を見て、少し広い場所に移動すると、クマボックスからクマハウスを出す。リリカさんは驚くが、そんなリリカさんを連れて家の中に入る。そして食事の準備をすると驚かれ、お風呂があることに驚かれ、暖かい布団で寝られることに驚かれた。

そして、リリカさんはひと言「わたしが知っている野宿と違いました」と言った。

翌朝、エルフの村に向けて出発する。

村の近くだったこともあって、すぐに到着する。

「先にムムルートさんのところに行きたいけどいい？」

「わたしも帰ってきた報告をしますからいいですよ」

「ムムルートさんって？」

ムムルートさんのことを知らないリリカさんが尋ねてくる。

「わたしのお爺ちゃんで、村の長《おさ》です」

「そうなんだ」

村の入り口に到着すると、わたしはくまゆるとくまきゅうを送還する。召喚したままだと、子供たちに囲まれてしまうためだ。

なのに。

「クマのお姉ちゃんだ〜」

おかしい。くまゆるとくまきゅうがいないのに、わたしは子供たちに囲まれてしまった。

「みんな、ユナさんから離れて」

「え～」

「お爺ちゃん、じゃなくて長に言われているでしょう。ユナさんが来ても、迷惑をかけちゃダメだって」

「うぅ」

子供たちは悲しそうにする。

大人だったら、殴り飛ばすけど、子供相手にそんなことはできない。

「それじゃ、ムムルートさんの家まで一緒に行こうか」

短い距離だけど、わたしの言葉に子供たちは喜ぶ。

「うぅ、ユナさん。ごめんなさい」

「ユナちゃん、大人気だね」

リリカさんが子供たちに囲まれるわたしを見る。

「まあ、こんな格好しているからね」

子供たちは約束どおりにムムルートさんの家まで来ると離れてくれる。

ルイミンが声をかけながら家の中に入っていく。その後をわたしたちはついていく。

「嬢ちゃん、ルイミンが世話をかけたな」

ムムルートさんが少し申し訳なさそうにする。

「お爺ちゃん、わたしのせいじゃないよ。お母さんのせいだよ」

「そうだったな」

「それで、そちらのドワーフのお嬢さんは？」

ムムルートさんがリリカさんを見る。

「リリカです。王都に行くので、ユナちゃんについてきました」

リリカさんは挨拶《あいさつ》をする。

さて、ここからが本題だ。

「ムムルートさん、少しお願いがあるんだけど」

「お願い？」

「わたしたちを王都に移動させてくれないかな」

「ユナちゃん？」

わたしの言葉にリリカさんは首を傾《かし》げる。

実は昨日の夜にクマの転移門を使って、こっそりムムルートさんの家にやってきた。そのときに、少し頼みごとをした。クマの転移門を使って王都に行きたいが、リリカさんにはクマの転移門のことを知られたくない。だから、エルフの長であるムムルートさんの力で王都に移動したように見せかけてほしいとお願いした。

そんなわたしのお願いをムムルートさんはこころよく引き受けてくれた。

ちなみにフィナとルイミンには説明済みで口裏を合わせることになっている。

「実はエルフの村の長であるムムルートさんには不思議な力があって、一瞬で王都に行けるんだよ」

「えっ、そんなことができるの？」

リリカさんは驚きの表情をする。まあ、一瞬で王都に行けるって言えば驚くよね。

「ムムルートさん、お願いできますか？」

「村を救ってくれた嬢ちゃんの頼みなら、断ることはできない。ただ、我々、エルフの秘密でもある。クマの嬢ちゃんたちはすでに知っているが、そちらの嬢ちゃんに見られるわけにはいかない。悪いが目隠しをさせてもらうが構わないか？」

ムムルートさんが予定通りの話の流れにもっていってくれる。クマの転移門を見られたくないので、目隠しをしてから、使うことになっている。

「えっと、つまり、すぐにガザルに会えるってこと？　まだ、心の準備ができていないんだけど」

いきなりのことでリリカさんが混乱している。王都まで、まだ時間があると思っていたみたいだから、動揺しているようだ。

普通なら、行き方を疑うところだけど、疑いもしない。

「では、今すぐでいいかな？」

「うん、お願い」

「待って、心の準備が」

「心の準備なら、家を出るときにしたでしょう」

「でも、でも」

わたしは心から人を好きになったことがないから、分からないけど、フラれるのが怖いみたいだ。

でも、リリカさんの心の準備を待つほど、わたしは優しくはない。

「ムムルートさん、お願い」

「ならば、こちらの部屋に」

わたしは騒ぐリリカさんを連れて、部屋を移動する。

「ここは？」

部屋に入ると、ムムルートさんがあらかじめ用意していたと思われる魔法陣が床に描かれている。

まさか、ムムルートさんがここまで準備しているとは思わなかった。

「では、目隠しをしてもいいか？」

わたしは布を出し、リリカさんに差し出す。

「ちょっと、待って」

「それじゃ、10数えるね。1、2、3、……」

「短い。短いよ！」

「5、6、7」

「フィナちゃんは？」

「フィナも知っているよ。9、10」

「はい、目隠しして」

わたしは再度、布を差し出す。

リリカさんは布をジッと見たあと、深呼吸すると布を受け取る。そして、ムムルートさんを見る。

「本当に王都まで行けるんですね？」

「ああ、それは約束しよう」

「それじゃ、よろしくお願いします」

リリカさんは覚悟を決め、ムムルートさんに頭を下げる。

「リリカさん、頑張ってくださいね。リリカさんは可愛いから、大丈夫ですよ」

「ルイミンちゃん、ありがとうね」

ルイミンはリリカさんを見たあと、フィナを見る。

「フィナちゃん。まだ見てほしいところがたくさんあるから、遊びに来てね」

「はい、遊びに来ます」

それぞれが別れの挨拶をする。

そして、リリカさんは手に持った布で、自分の目を隠す。

わたしは目の前で、手を振ったりしてみるが反応はない。ちゃんと見えないみたいだ。見えないことを確認したわたしはクマの転移門を取り出す。

「それじゃ、いくぞ」

ムムルートさんが呪文《じゅもん》っぽい言葉を唱えだす。

わたしはクマの転移門の扉を開ける。「少し歩くから、わたしの手をしっかり握ってね」

「うん」

リリカさんがわたしの手を握り、クマの転移門の中にゆっくりと入る。

453 クマさん、クマのキューピッドになる

わたしはリリカさんの手を引いたまま少し歩き、クマの転移門を通って、王都にあるクマハウスに移動する。その後ろからフィナがついてくる。

ルイミンは手を振っている。

わたしはクマの転移門を隠すためにリリカさんの手を離す。

「ユナちゃん？」

声が不安そうだ。

「少し待って」

わたしはクマの転移門を閉じ、クマボックスにしまう。

「もう、目隠しを取っていいですよ」

わたしが言うとリリカさんが目隠しを外す。

「ここは？」

「王都にあるわたしの家だよ」

「王都にあるユナちゃんの家？　それじゃ、ここは本当に王都なの？」

リリカさんはキョロキョロと部屋を見渡す。先ほどのムムルートさんの家の部屋とは違うけど、まだ実感が湧かないみたいだ。

「外に出れば分かるよ」

わたしたちはクマハウスから出る。そして、視線を少しずらすと、大きくそびえ立つ城が見える。

「お城……それじゃ、本当にガザルがいる王都？」

「この瞬間移動のことは、ムムルートさんに迷惑がかかるから、誰にも話さないでね。ガザルさんにもロージナさんにもだよ」

「もちろん、誰にも言わないよ」

リリカさんは約束をすると、不思議そうにぐるっと回るように周囲を見る。そうすると必然的に目に入ってくるものがある。

「クマ？」

リリカさんの視線がクマハウスの前で止まる。

「ユナちゃんは本当にクマが好きなんだね」

ここで違うと言うとくまゆるとくまきゅうが泣きそうなので、否定はできない。それに、クマは嫌いじゃない。クマはわたしの生活の一部になっている。それに、今さら否定することじゃない。

でも、口にするのは恥ずかしいので、わたしは肯定も否定もせずに、逃げることにする。

「まあ、わたしのことはいいから、ガザルさんのところに向かうよ」

「うん」

わたしたちはガザルさんのお店に向かう。

ここまで来て、逃げたりしないとは思うけど、フィナにはリリカさんの手を握ってもらっている。流石《さすが》にフィナの手を振りほどいて逃げたりはしないだろう。

あと、周囲に目がいき、迷子にならないようにする目的も含まれている。


そして、いつもどおりに王都を歩いていると、わたしに視線が集まり、「くま」「クマ」「熊」「ベアー」って単語が聞こえてくる。

「ユナちゃん、一つ聞いていい？」

「なに？」

質問の意図はわかるけど、尋ねてみる。

「王都でユナちゃんのような格好している人って他にいないの？」

わたしが口を閉じていると、リリカさんはフィナに視線を向ける。

「………………」

「えっと、いないです」

フィナが言いにくそうに答えた。

「そうなんだ。もしかして、王都だったらユナちゃんみたいな格好をした人が他にもいると思ったんだけど、いないんだね。でも、これだけの人に見られると恥ずかしいね」

もう、わたしは恥ずかしいって気持ちは捨てた。どちらかというと諦めたって言ったほうが正しいかもしれない。遠目で見られるだけなら、無視をするし、絡んでくるようだったら、対処をするだけだ。

「フィナちゃんは気にならないの？」

「もう、慣れました。それに、ユナお姉ちゃんのクマさんは可愛いです」

「まあ、確かに可愛いけど」

とりあえず、わたしたちは視線を浴びながらガザルさんの鍛冶《かじ》屋に向かう。


「ここにガザルがいるんだよね」

わたしたちはガザルさんの店の前に立つ。

「いるよ。それじゃ、入ろう」

わたしはドアを開けて、お店の中に向かって叫ぶ。

「ガザルさ～ん」

「ユ、ユナちゃん!?」

いきなり、わたしがガザルさんの名を呼ぶので、リリカさんが慌てる。

「だって、呼ばないと来ないでしょう？」

「まだ、心の準備が」

「それは、王都に来るときにしたでしょう？」

それにこのやり取りは、クマの転移門を通るときにもやった。何度も付き合うのは面倒くさい。

「でも……」

「誰だ？」

お店の中からガザルさんの声がして、やってくる。それと同時にリリカさんが逃げだそうとする。でも、フィナがリリカさんの手をしっかり摑《つか》んでいるので、逃げることはできない。

「リリカお姉ちゃん、どこに行くの？」

「フィナちゃん、お願い。見逃して」

「ダメだよ」

ガザルさんの声を聞いたリリカさんが逃げだそうとしたが、フィナがしっかりと摑んで逃がさない。フィナにリリカさんの監視をお願いしておいて正解だった。

「なんだ。クマの嬢ちゃんか。今日はどうしたんだ？」

「ガザルさんに会いたい人がいるから、連れてきたよ」

「俺にか？」

「フィナちゃん、お願いだから離して」

「この声は？」

ガザルさんは店から出てくる。その先には逃げだそうとしているリリカさんの姿と手を摑んでいるフィナの姿がある。

「リリカ？」

「ガザル！」

「どうして、リリカがここに？」

「ガザルさんに会いに来たんだよ」

逃げようとしているリリカさんの代わりにわたしが答える。

「えっと、それは、ガザルが、心配で、少しだけだよ。あとユナちゃんが王都に帰るっていうから、ついてきただけだよ」

えっと、ツンデレ？

ここまで来て、その反応なの？　面倒くさい。

アニメや漫画で見るツンデレは可愛く見えるけど、リアルで見ると面倒くさい女の子でしかない。

ツンデレは二次元に限るね。

「それで、わざわざ王都まで来たのか？」

「いけないの？」

「いけなくはないが」

ガザルさんは少し困ったような表情をする。

「ガザルが、なかなかルドニークに戻ってこないからいけないいんでしょう。たまには戻ってきなさいよ」

「すまない。仕事で忙しかったんだ」

男がよく言うセリフだね。

でも、これでは話が全然進まない。

「リリカさん」

わたしは話を進めてほしいと目で訴える。

「わ、わかっているよ」

リリカさんは小さく深呼吸して、ガザルさんに近づく。

「お店は一人でやっているの？」

「ああ」

「誰か、雇わないの？」

「今のところ、その予定はないな」

ああ、本当に面倒くさい。

「ガザルさん。リリカさんは街に戻れないから、ここで働かせてほしいって」

「ユナちゃん!?」

話が進まないので、リリカさんの背中を後ろから押す。

「どういうことだ？」

「つまり、リリカさんはガザルさんに会いたくて、ここまで来たの。ここまで言えばわかるでしょう」

流石《さすが》に永久就職しに来たとは口にしないけど、ここまで言えばわかるよね？

「リリカ……」

「ダメかな？」

「それは……」

「それとも、わたしがいると邪魔？」

シュシュ、右ストレート。

シュシュ、アッパー。

「それは……」

シュシュ、シュ。左、左、右。軽いジャブから、右ストレート。

「ダメなの？」

シュシュ、シュシュ。左、右、左、右。

「その前に一つ確認してもいいか？」

「なに？」

シュシュ、シュシュ。

「いや、リリカにではなく。どうして、嬢ちゃんはリリカの後ろで、拳を振っているんだ？」

「気にしないでいいよ。ただ、ガザルさんが、リリカさんをフった場合の殴る練習だから」

シュシュ、ストレート。

わたしのストレートクマパンチが風を斬る。

なかなかいい感じだ。気持ちよく殴れそうだ。

「なんでそうなる？」

「ちゃんとロージナさんに許可をもらっているよ」

「師匠に？」

「もし、娘をフったら、1発殴っておいてくれって。あとウィオラさんからも頼まれているから2発だね。わたしの分を入れてもいいなら3発かな」

シュシュ、シュシュ。

「お父さん、お母さん、いつのまに」

わたしはシャドウボクシングのように、速い動きでクマさんパペットパンチを繰り返す。そのたびにクマさんパペットが空気を斬る。

「待て、それはおかしいだろう。なんで、嬢ちゃんの分があるんだ!?」

「いや、ここまでリリカさんを連れてきたわたしの苦労もあるかなと思って」

実際はくまゆるとくまきゅうに乗って、クマの転移門を使って、戻ってきただけだ。1泊2日だ。でも、そのことをガザルさんは知らない。

でも、リリカさんをフったあとのことを考えれば1発ぐらい殴ってもいいはずだ。

きっと、いたたまれない気持ちになり、慰める言葉をかけないといけない。

そのことを考えれば、1発では足りないぐらいだ。

「嬢ちゃん、知っているか。それは脅迫っていうんだぞ」

「脅迫って感じるってことは、そういうことなの？」

わたしは思いっきりストレートクマパンチをして、空気を斬る音をさせる。

ガザルさんは頭を掻いて、考え込む。

「リリカ、本当にいいんだな。ここで働くってことは、師匠には簡単には会えなくなるんだぞ」

「うん。ガザルと一緒なら」

「……わかった」

リリカさんは悩むこともせず、即答する。

ガザルさんのその言葉でリリカさんは満面の笑顔になる。

わたしの拳の出番はなかったようだ。

「ガザルさん」

「なんだ？」

「あと、もう一つ伝言ね。一度は帰ってこいだって。遅くても、子供ができる前がいいって」

「お、お父さん！」

リリカさんが恥ずかしそうに叫ぶ。

「ガザル、お父さんの冗談だからね。冗談だからね」

リリカさんは顔を真っ赤にさせながら否定する。

「そうだな。一度帰るか」

「……ガザル」

リリカさんが嬉しそうにする。

どうやら、丸く収まったようだ。

ロージナさんのことや試しの門のことも話したかったけど、今は2人だけにしてあげる。

わたしはリリカさんから預かった荷物をクマボックスから出して、帰ることにする。

「ユナちゃん、ありがとうね」

「ああ、また、何かあれば来てくれ。今回の件を含めて、礼をさせてくれ」

「そのときはお願いね」

わたしとフィナはお店を後にする。

「リリカさん、嬉しそうでよかったですね」

フィナが自分のことのように嬉しそうにする。

本当にフラれないでよかった。流石にクマのチート装備でも、女性の慰め機能は付いていない。

「そうだね。このまま結婚してくれると嬉しいね」

「うん」

結婚したら、なにかお祝いをしたいね。

そのときのために、なにか考えておこう。

「ユナお姉ちゃん、これからどうするんですか？」

「フィナを送り届けないといけないから、一度、クリモニアに戻るよ」

フィナを長居させるわけにもいかない。

わたしはクマハウスに戻ると、リリカさんに見られないように片付けたクマの転移門を、再度設置する。そして、クマの転移門の扉を開けて、クリモニアに移動する。

「10日ぐらいでしたが、いろいろあったので長く感じました」

フィナにとっては、エルフの村でルイミンとの出会い。それから、ジェイドさんたちとの再会。ドワーフの街ではロージナさんやリリカさんに会って、街を探索。さらにわたしに付き合って、試しの門を見学したり、トウヤのミスリルの剣のことなどと濃厚な10日間だった。

しばらくはのんびりと過ごしたいものだ。

でも、ムムルートさんにクマモナイトについて尋ねないといけないから、一度はエルフの村に行かないといけない。

なにより、クマの転移門をムムルートさんの部屋に放置したままだ。

454　クマさん、クリモニアに戻ってくる

わたしとフィナは、王都のクマハウスからクリモニアに戻ってきた。

「それじゃ、孤児院に行こうか」

「はい！」

昨日、シュリとティルミナさんに帰ることをクマフォンで伝えると、午前中ならいつもどおりに孤児院にいると言われたので、わたしとフィナは孤児院に向かう。

孤児院の近くにやってくると、子供たちが元気に遊んでいる姿がある。その中にシュリの姿もあり、わたしたちに気づく。

「お姉ちゃん！」

シュリはフィナに向かって走りだし、フィナは駆け寄ってくるシュリを抱きしめる。

「ただいま」

わたしも子供たちに囲まれる。

わたしはシュリと子供たちにティルミナさんの居場所を尋ねる。

ティルミナさんは院長先生とお話をしていると、子供たちが教えてくれる。

わたしは子供たちを引き連れる感じで孤児院の中に入り、ティルミナさんと院長先生がいる場所に向かう。

部屋には院長先生とティルミナさん、幼い子たちがいた。幼い子たちはくまゆる、くまきゅうぬいぐるみを抱いている。クマのぬいぐるみのおかげで、泣くことが少なくなったと院長先生に聞いていた。役に立っているようでよかった。

「ティルミナさん、戻りました」

「お母さん、ただいま」

フィナはティルミナさんのところに駆け寄る。

「お帰り。ユナちゃん、フィナは迷惑をかけなかった？」

ティルミナさんは娘の頭を撫《な》でながら尋ねる。

「相変わらず、いい子でしたよ」

「お母さん、わたし迷惑なんてかけないよう」

「分かっているわ。でも、フィナは周りに迷惑をかけたくないから、自分で何でもしようとすることがあるでしょう。それが、相手にとっては、心配させることだったり、不安にさせることだってあるのよ」

「……お母さん」

「でも、それも、わたしがフィナに頼りきりでいたから」

フィナは病気の母親と妹のために一人で頑張ってきた。フィナは人に頼るのが下手なのかもしれない。

「そうだね。わたしがおんぶしてあげようとしたのに、断ったしね」

「ユ、ユナお姉ちゃん！」

「あら、面白そうな話ね」

わたしは簡単にドワーフの街での出来事を話す。エルフの村でルイミンって女の子と友達になったこと、クリモニアにいた冒険者に会ったこと、ゴルドさんの師匠に会ったこと、鍛冶《かじ》職人の試練があったこと、長い階段があったから、おんぶをしようとして断られたこと。

ティルミナさんは楽しそうに、シュリは羨《うらや》ましそうに聞いていた。


「あと、これがフィナに頼んでいた調理道具」

クマボックスから孤児院で使う調理道具を出す。

「ユナちゃん、ありがとう」

ティルミナさんが調理道具を確認する。

「もしかして、孤児院で使うものですか？」

院長先生が調理道具を見て尋ねてくる。

「はい。孤児院にあるのは古いのばかりで、使っているときに壊れでもしたら大変なことになりますから、ドワーフの街に行くっていうユナちゃんと一緒に行くフィナに頼んでいたんです」

古い調理道具を使うのは危険だし、小さい鍋を何個も使うのは大変だ。

それに鍋やフライパンを持っているときに、取っ手が外れでもしたら、中に入っているもの次第では火傷《やけど》してしまう。

不便なところや、危険かもしれないことはできる限り解消するべきだ。

「歳を取ると、物を捨てにくくなるんですよ」

院長先生は物を大切にするので、あまり欲しいものを言わない。

だから、ティルミナさんには、孤児院で必要なものがあったら、卵の売り上げから買ってもいいと言ってある。

今回の鍋などの調理道具がその一つだ。

「ティルミナさん、ありがとうございます」

「買ってきたのは娘とユナちゃんですから」

「フィナちゃん、ユナさん、ありがとうございます。これで、安心して調理することができます」

「わたしは、お母さんに頼まれただけだから」

「わたしもフィナに言われるまで、考えもしなかったから、お礼を言うならティルミナさんにですね」

「ふふ、ティルミナさんに戻ってきてしまいましたね」

院長先生は微笑《ほほえ》む。

「3人ともありがとう」

院長先生は、わたしたち全員にお礼を言う。

「院長先生。調理道具以外にも、何か不便なことがあったら、言ってくださいね」

それから、リズさんとニーフさんがやってきて、鍋などの調理道具を見て大喜びしていた。


次にわたしはティルミナさんとフィナ、シュリと一緒にアンズのお店に向かう。

「スープを大量に作るのに、大きな鍋の数が足りなかったんです。新しいフライパン、包丁も嬉しいです。ユナさん、ありがとうございます」

アンズは買ってきた大きな鍋と包丁を嬉しそうに見る。

「お礼なら、ティルミナさんにだね」

「ティルミナさん、ありがとうございます」

「前から、欲しがっていたからね」

院長先生に続き、アンズも喜んでくれて嬉しいかぎりだ。本当に買ってきてよかった。

これもティルミナさんとフィナには感謝だ。


アンズのお店を後にしたわたしたちは、次にモリンさんのお店に行く。

モリンさんのお店でもポテトチップやフライドポテトなどの揚げ物用の鍋や細かい調理道具などを置いていく。

「助かるわ。ユナちゃん、ティルミナさん。ありがとう」

「他に必要なものができたら、遠慮なく言ってくださいね」

「ありがとう。そのときはお願いするわね」

「くまさんの憩いの店」を後にしたわたしは、最後にティルミナさんの家に向かう。そして、クマボックスから、ティルミナさんの家で使う調理道具を取り出す。

「長年使ってきたものが傷んでいたから、これで安心して調理ができるわ。フィナがもったいないって、買わせてくれなかったから」

「だって、昔から使ってきたから」

院長先生と同じ考え方だ。

「でも、古いのは取っ手が緩んだりして、危ないし、修理にも限界があるからね」

フィナらしいといえばフィナらしい。お金が手に入ったからといって、考えなしに買ったりはしない。

わたしは昔から欲しいものはなんでも買ってきた。少しはフィナを見習わないといけないね。でも、異世界に来た自分の行いをかえりみても、この性格は簡単には変わりそうもない。お金は使ってこそ、経済が回るからね。と自分に言い訳をしておく。

ちなみにティルミナさんにビッグボアの赤い角をお土産に渡そうとしたら、いらないと言われてしまった。

「うちにはそんな高価な角を飾る趣味はないわよ。食べ物のほうが嬉しいわ」

と言うので、今度、ビッグボアの肉を持ってくると約束した。もちろん、解体するのはフィナの役目だ。シュリも「やる〜」と言っていたので、今度、2人に頼むことにした。

全ての鍋やフライパンを届けたわたしは一人で鍛冶屋《かじ》のゴルドさんのところに向かう。

「あら、ユナちゃん。いらっしゃい。今日はどうしたの？」

店番をしていたゴルドさんの奥さんのネルトさんが出迎えてくれる。

「ルドニークの街に行ってきたから。これ、ロージナさんからの手紙」

「ゴルド！　ゴルド！」

ネルトさんは奥に向かって叫ぶ。

「なんだ。騒がしい」

「ユナちゃんが、ルドニークに行って、ロージナおじさんから、手紙をことづかってきてくれたよ」

ゴルドさんは驚いた表情をする。

ネルトさんはゴルドさんに手紙を渡す。受け取ったゴルドさんは封を切り手紙を読む。

ゴルドさんの表情が徐々に変わり、鼻をすする。

「そうか。嬢ちゃん、ありがとう。俺が作ったナイフを見せてくれたんだな」

「ゴルド、なんて書いてあったのさ」

「まだまだだが、とても良いナイフだとさ」

「よかったね」

それから、わたしはリリカさんのことやガザルさんのことを話してあげる。

「そうか、リリカが王都にいるのか。いつか王都に行くか」

「そうね。わたしもリリカちゃんやガザルに会いたいわ」

ルドニークの街と違って、王都なら比較的簡単に行くことができる。

2人は4人でいたときの思い出を嬉しそうに話をしている。

わたしは邪魔にならないように静かに店の外に出ようとする。

でも、2人に気づかれる。

「嬢ちゃん、ありがとう」

「今度、お礼をするから、来てね」

わたしは「うん、そのときはお願いね」と言って、店を後にする。


いいことをしたあとは気分がいい。

わたしはクマハウスに戻ってくる。

本当は、このままベッドにダイブして、のんびりしたいところだけど。ムムルートさんの家にクマの転移門を設置したままなので、回収しに戻ることにする。

それにクマモナイトのことも聞かないといけない。

455 クマさん、クマモナイトを装備する

クマの転移門を使って、ムムルートさんの家に戻ってくる。

転移門が置かれている部屋には誰もいなかった。まあ、あれから、王都に行って、リリカさんをガザルさんのところに送り届け、クリモニアでは、孤児院、「くまさんの憩いの店」に「くまさん食堂」、フィナの家に寄って、それからゴルドさんのところに寄っていれば時間も過ぎる。

わたしはクマの転移門を片付け、いつものムムルートさんがいる部屋に行く。

「嬢ちゃん、戻ってきたのか？」

カップを持って、お茶を飲んでいるムムルートさんがいた。

「ムムルートさん、ありがとうね。助かったよ。でも、まさか魔法陣を用意しているとは思わなかったよ」

「昨日の夜に話を聞いて、用意してみた」

ちょっと笑みを浮かべるムムルートさん。

でも、そのおかげもあって、リリカさんは疑うこともせず、ムムルートさんのおかげで王都に行けたと思っている。まあ、クマの着ぐるみの格好をしたわたしの力っていうよりは、エルフの不思議な力のほうが説得力がある。

「ルイミンはいないんですか？」

部屋にはムムルートさんしかいない。

「ルイミンなら買ってきたものを村に配りにいった」

そうなんだ。

あとで、ルイミンに会いに行こうかな。でも、その前にムムルートさんに尋ねることにする。

「そうだ。ムムルートさんに見てもらいたいものがあるんだけど」

わたしは丸い鉱石、クマモナイトを2つ取り出して、ムムルートさんに見せる。ムムルートさんはクマモナイトを受け取って確認する。

「これは精霊石？　しかも白？」

ロージナさんが言っていたとおり、本当に精霊石みたいだ。

でも、名前はクマモナイトなんだよね。

「どこで、これを？」

「偶然、手に入れることがあって。それで他の人に聞いたらエルフが詳しいって聞いて」

「確かに、精霊石については我々エルフが詳しいですな」

「これって持っている人を強化してくれる石ってことでいいの？」

まあ、ゲームでは定番の装備品だ。

「精霊石には属性があり、風の精霊石なら風の魔法が得意な者が持ち、火の精霊石なら火の魔法が得意な者が持つと、効果が出る。なので、自分にあった精霊石を持っていないと意味はない。我々、風魔法を得意とする者が火の精霊石を持っても、効果はないからのう」

まあ、ゲームでも装備品には相性があって、装備ができたり、できなかったりした。

「でも、これは白」

そういえば、初めて見たときも魔石の色に驚いていた。

「白って珍しいの？」

白って属性的になんだろう？

光になるのかな？

でも、この場合はクマなんだよね。

「なににも染まっていない白。神の色とも言われておる」

ムムルートさんの言葉に、わたしは咳《せ》き込む。

いやいや、これはクマモナイトだから、言うなれば、クマの精霊石だから。

でも、神様からの贈り物なら、あながち間違いでもないかもしれない。

このままでは、神の精霊石と思われてしまうので、否定しておくことにする。

「これ、実は知り合いにもらったんだけど、クマモナイトって言われたんだけど」

知り合い＝神様。

会ったことはないけど、知り合いなのは間違いない。

「もしかすると、クマモナイトって呼ばれていたから、クマの精霊石だと思うんだけど」

スキルのことは言えないので、そう伝える。

「クマの精霊石？」

ムムルートさんはわたしの言葉にクマモナイトとわたしのことを交互に見る。

「まあ、信じられないのはしかたないけど。これがクマの精霊石だとしたら、これをわたしが身に着ければ、強化されるってことでいいの？」

これは自分で「わたしはクマ属性だから、クマの精霊石を装備しても大丈夫だよね」と言っているようなものだ。まあ、初めから、クマモナイトって名前からして、わたし専用の装備アイテムとは思っていたけど。

「嬢ちゃんがクマ属性で、この精霊石がクマの精霊石なら、そういうことになる。だが、このままでは精霊石の力の半分ほどしか出ない」

「そうなの？　それじゃ、どうやって精霊石の力を引き出すの？」

持っていればいいものと思っていたけど、効果は半減するらしい。どうせ装備するなら、効果は強いほうがいい。

「先ほどの魔法陣があった部屋でできる。よかったら、引き出していくか？」

「いいの？」

「嬢ちゃんには村を救ってもらった恩がある」

ムムルートさんの言葉に甘え、精霊石の力を引き出すため、先ほどの魔法陣がある部屋に移動する。

部屋に入ると、ムムルートさんはしゃがみ込み、床に敷かれている絨毯《じゅうたん》の端を手にするとクルクルと回して、魔法陣が描かれていた絨毯を丸める。そして、壁際の棚に片付ける。棚には丸められた絨毯がたくさんある。

　ムムルートさんはたくさんある絨毯を一つ一つ見ている。

　絨毯を広げては、丸めて戻す作業を行う。

　絨毯にはそれぞれ違う魔法陣が描かれている。

「どれだったかな？」

　と言いながら、精霊石と契約ができる魔法陣の絨毯を探すムムルートさん。

「ここにある絨毯って、全部に魔法陣が描かれているの？」

「うむ。なので、探すのに苦労する」

　なら、効果が書かれていたメモでも書いておけばいいかなと思ったけど、もしもの場合を考えると、ないほうがいいかもしれない。

「それじゃ、さっきの魔法陣もなにかの魔法陣だったの？」

「あれは疲労を回復する魔法陣だな」

　そんな魔法陣もあるんだ。そうなると、ここにあるたくさんの絨毯の効果が気になってくる。

　どんな魔法陣があるのかな？

　教えてほしいって言えば教えてくれるかな？

　この手のものを見ると元ゲーマーの血が騒ぐ。

「この絨毯に描かれている魔法陣はどうやって作っているの？」

「魔力を染みこませた糸で、縫いこんでいる。魔力の通りも良くなり、何度でも再利用ができる」

確かに、毎回複雑な魔法陣を描くのは面倒だよね。魔法陣を見ても、複雑すぎて記憶はできない。地面に描くにはいろいろと面倒くさそうだ。絨毯に編み込めば、切断さえしなければ、広げるだけで使える。

「……これだ」

わたしが絨毯のことを気にしていると、ムムルートさんは一枚の絨毯を取り出して、床に広げる。そこには先ほどの疲労を回復するものとは違う模様の魔法陣が描かれていた。

ムムルートさんは魔法陣が描かれた絨毯の前に立つ。

「それじゃ、嬢ちゃん。真ん中の円のところに精霊石を置いて、右端にある円形の部分に触れて魔力を流してもらえるか」

魔法陣は中心に円形があり、あとは複雑な模様が描かれている。

わたしは手に持っている2つのクマモナイトを見る。

「……嬢ちゃん?」

「確認なんだけど、契約ってわたしじゃなくてもいいんだよね?」

「それはクマの精霊石なんだろう。嬢ちゃん以外に誰が契約するというのだ?」

普通に考えて、世界中探しても、クマモナイトと契約できる人はわたしぐらいだ。他にもいるなら見てみたい。

でも、人じゃなければ、魔力を持っていてクマ属性の持ち主はいる。

わたしは通常サイズのくまゆるとくまきゅうを召喚する。広い部屋だけど、くまゆるとくまきゅうを通常サイズで召喚すると狭く感じる。

「その契約って、この子たちでも大丈夫かな？」

クマモナイトは持っている者を強化してくれる。わたしはクマ装備のおかげで防御力も攻撃力も高い。

くまゆるとくまきゅうも他のクマに比べれば強い。普通の魔物相手でも負けない。でも、タールグイでワイバーンと戦ったときのことを考えると不安になる。くまゆるがワイバーンの攻撃を受けたときのことを思い出すと、今でも怖い。くまゆるとくまきゅうはわたしを守ろうとする。もし、くまゆるとくまきゅうに何かあれば、わたしは堪《た》えきれない。

それにくまゆるとくまきゅうにはフィナたちの護衛を頼むことも多い。そう考えると、わたしが多少強くなるよりもくまゆるとくまきゅうが強くなったほうがいい。

ゲームでだって、召喚獣を成長させることは大切だ。

「さすがに、今までに動物と契約したことはないが、その嬢ちゃんのクマに魔力があって、属性がクマなら」

魔力はあるし、属性は間違いなくクマだよね。

「それじゃ、クマモナイト……じゃなくて、精霊石の登録はこの子たちでお願い」

「嬢ちゃんがそれでいいというなら、わしは構わないが」

わたしは魔法陣の真ん中にクマモナイトを一つ置く。

「それじゃ、先にくまゆるからね。そこに魔力を流して」

「くぅ～ん」

くまゆるは歩きだし、ムムルートさんが指示した場所に前足を置く。そして、くまゆるが魔力を魔法陣に流すと魔法陣が光りだし、魔力が中心のクマモナイトに集まっていく。まるで、くまゆるの魔力がクマモナイトに入っていった感じだ。魔法陣の光は消える。

「これで終了？」

ムムルートさんは終わりだと返事をするので、わたしはクマモナイトを拾い、入れ替えるようにもう一つのクマモナイトを置く。

「それじゃ、次はくまきゅうね」

「くぅ～ん」

くまきゅうはくまゆると入れ替わるように魔法陣の前に移動する。

そして、くまゆると同じように白い前足を魔法陣に置いて魔力を流す。魔法陣は光り、くまきゅうとクマモナイトの契約も終わる。

わたしはそれぞれのクマモナイトにクマの観察眼を使う。

そこには衝撃的なことが書かれていた。

クマモナイト　くまゆるが装備すると身体能力が上がり魔法が使えるようになる。

クマモナイト　くまきゅうが装備すると身体能力が上がり魔法が使えるようになる。

くまゆるとくまきゅうが魔法を使えるように？

それが本当のことなら、かなりのパワーアップになる。

「くまゆる、こっちにおいで」

くまゆるが、わたしの側にやってくる。

そして、首についているリボンをほどき、そのリボンの中にクマモナイトを入れ、リボンを付け直す。

「くぅ〜ん」

お礼を言うように鳴く。

「それじゃ、次はくまきゅうね」

「くぅ〜ん」

くまゆると入れ替わりにくまきゅうがわたしの前にやってくる。

そして、くまゆると同様に首にあるリボンをほどき、クマモナイトを入れ、リボンを付け直してあげる。

これで魔法を使えるようになったのかな？

あとで確かめてみたいね。

「ムムルートさん、ありがとうね」

「嬢ちゃんの役に立てたならいい」

わたしはくまゆるとくまきゅうを送還する。そして、ムムルートさんにお礼を言って、家を出る。

ルイミンに会ってからクリモニアに帰ることにする。


ルイミンの家に向かっていると、疲れ切った顔をしたルイミンがやってくるところだった。

「ああ、ユナさん。戻ってきていたんですね」

「うん、ちょっと前にね。それにしてもルイミンは、なにか疲れているね」

「買ってきたものを、渡していたら疲れました」

まあ、かなりの数があったからね。

「でも、みんな喜んでくれたので、嬉しかったです」

ルイミンは疲れを吹き飛ばすような笑顔をする。わたしが男だったら、ときめいていたかもしれない。残念だが、わたしは女だ。

でも、鍋はどこでも喜ばれるね。長年使ってきたものは使いやすく、愛着はあるけど。新しいものは嬉しい。

わたしも元の世界で、新しいパソコンを買ったときは嬉しかった。

今、あのパソコンはどうなっているかな？

まあ、パソコンにはゲームしか入っていないけど。神様に大切なものを聞かれたとき、パソコンって言ってたら、パソコンもこの世界に持ってくることができたのかな？

まあ、お金と言ったおかげで、苦労せずに異世界を満喫することができている。そのことには感謝している。それに電源の問題もあるし、パソコンだけがあっても使えないからね。

でも、スマホやタブレットはあってもよかったかも、ソーラーパネルの充電器セット付きで。ネットに繋《つな》がらなくても、購入した電子書籍とか読めたりしたのに。まだ、買ったはいいけど読んでいない漫画や小説があった。

「それでユナさん。リリカさんはどうでしたか？　わたし、気になって」

やっぱり気になるよね。

「王都でガザルさんのお店で働くことになったよ」

「それじゃ、付き合うことになったんですか!?　結婚は？」

気が早い。まあ、わたしも気になるけど。

「う〜ん、それは、まだかな。これからの二人に期待ってところだと思うよ」

「そうなんですか」

ルイミンは少し残念そうにするが、ガザルさんは初めは困ったような表情をしていたけど、最後は嬉しそうな顔をしていたように見えた。

あとは時間の問題のような気がする。

「でも、リリカさんがフラれなくてよかったです」

それに関しては同感だ。フラれたリリカさんをロージナさんのところまで連れて帰ることにならなくてよかった。そんなことになったら、目隠しして、クマの転移門に放り込んだかもしれない。

「わたしも一緒に王都に行けばよかったかな。そうしたら、久しぶりにお姉ちゃんに会えたのに。そして、そのままユナさんとフィナちゃんの街にも行ってみたかったです」

「今日は帰ってきたばかりだからね。クリモニアはまた今度だね」

「約束ですよ。絶対に連れていってくださいね」

ムムルートさんにアイテム袋を返しに行くルイミンと別れ、村を出る。

そして、クマハウスがある神聖樹のところまでやってくると、くまゆるとくまきゅうを召喚する。

さて、さっそく実験だ。

「くまゆる、くまきゅう。魔法使える？」

「「くぅ～ん」」

表情は任せてって言っている感じだ。

わたしは土魔法で的になるものを作る。

地面から棒のようなものを出し、上に的を付ける。矢の的当てなどで使うような的だ。

「それじゃ、あの的に向かって、魔法を使ってみて」

「「くぅ～ん」」

くまゆるとくまうきゅうが、我先に場所を取ろうとする。

「2つ作るから、争わないで」

「「くぅ〜ん」」

わたしは的をもう一つ作る。

くまゆるとくまきゅうは横に並ぶと、同時に立ち上がり、右手を振るう。

すると、クマの爪から風の刃が出る。風の刃は的を切り裂く。

おお、凄《すご》い。本当に魔法が使えるようになった。

これこそが本物のクマ魔法だ。

クマモナイト、初めはふざけたものかと思ったけど、凄いものだった。

くまゆるとくまきゅうに危険なことをさせるつもりはないけど、魔法が使えれば、フィナたちを守ってもらうときに、安心できる。弱いよりは強いほうがいい。

でも、こんなことなら早めにクマモナイトを調べるべきだった。

タールグイで、くまゆるがワイバーンと戦うことになったとき、魔法が使えていれば、危険度は下がっていた。

無事だったからよかったけど、気になったことは後回しにしないほうがいいね。

「ちなみに、空を飛べるようになったりはしない？」

もし、くまゆるとくまきゅうが空を飛べるようになれば、移動が楽になる。でも、くまゆるとくまきゅうは悲しそうに「「くぅ〜ん」」と鳴く。

どうやら、空は飛べないらしい。

「聞いてみただけだから、そんな、悲しそうにしないで」

くまゆるとくまきゅうの頭を撫《な》でて謝る。

そして、くまゆるとくまきゅうの魔法を確認したわたしはクリモニアに戻ってきた。

クマハウスに戻ってきたわたしはくまゆるとくまきゅうを子熊化させると、ベッドにダイブする。

リボンも小さくなっている。

どうやら、子熊化するとクマモナイトも小さくなるみたいだ。

本当に神の精霊石かもしれない。

456 クマさん、シュリとお出かけする

先日のティルミナさんとの約束を守るために、わたしの家でビッグボアの解体をすることになった。解体するといっても、わたしはできない。解体をするのはフィナとシュリだ。わたしは見学である。

「それで、どうして、ゲンツさんがいるの？」

解体はフィナにお願いしたのに、なぜかゲンツさんの姿がある。

「ビッグボアを解体すると聞いてな。珍しいからな、俺も手伝うことにした。それにフィナも初めてじゃ、わからないところもあるだろう」

ちなみにフィナにお願いしたとき、イノシシは解体したことはあるから大丈夫だと言っていた。

「仕事は休みだから安心しろ」

なにを安心すればよいかわからないけど、ゲンツさんは胸を張る。

まあ、３頭もあるから、いいんだけど。それに解体が早く終わるのは助かる。お昼までに解体作業を終わらせて、孤児院で焼き肉パーティーをすることになっている。だから、ゲンツさんが手伝ってくれるのはありがたい。

「それじゃ、お願いね」

わたしはクマボックスから3頭のビッグボアを出す。

「でかいな」

「おおきい」

「ユナお姉ちゃん、こんな大きな獣を倒したんですね」

ゲンツさん、シュリ、フィナがビッグボアの大きさに驚く。

「それじゃ、昼までに終わらせないといけないんだろう。さっさと、やっちまうか。フィナ、シュリ。お父さんのやるところを、しっかり見ているんだぞ」

「お父さん」のところを強調するゲンツさん。

もしかしたら、仕事が休みだから、娘と一緒にいたかっただけかもしれない。それにフィナはドワーフの街に行っていたので、しばらく離れていた。ティルミナさんとシュリはクマフォンで会話をしていたけど、ゲンツさんだけは話していないから、寂しかったのかもしれない。

それとも、お父さんらしいところを娘たちに見せたいのかな？

フィナとシュリは「はい」「うん」と返事をしているけど。数年後には「お父さん、臭い」「お父さん、近寄らないで」とか言うのかな。

「ユナお姉ちゃん、どうかしたんですか？」

わたしがフィナのことを見ていたら、尋ねてくる。

「なんでもないよ。フィナは今のままがいいなと思っただけだよ」

「………？」

フィナは首を小さく傾《かし》げる。

ビッグボアの解体作業はゲンツさんのおかげもあって、早く終えることができた。そして、わたしたちは解体した肉を持って孤児院へ行く。

孤児院ではお店が休みのアンズやモリンさんが食事の準備をしておいてくれた。それぞれのお店のメンバーが料理を作ってくれる。

モリンさんが焼いてくれたパンに肉を挟んでも美味《おい》しいし、アンズが味付けした肉料理も美味しかった。

子供たちも美味しそうに食べてくれたので、焼き肉パーティーを開いてよかった。

あっ、ルイミンを呼べばよかったかな？

焼き肉パーティーをした翌日、わたしはタールグイの島にシュリと2人だけでやってきている。

クマハウスでビッグボアを解体しているとき、シュリに「お姉ちゃんだけいつもズルい」と言われてしまった。「わたしもユナ姉ちゃんとどこかに行きたい」と言うので、シュリの小さなお願いを聞くことになった。

シュリの小さなお願いは「あの、果物がある島に行きたい」だった。なので、今回はシュリと2人でタールグイに来ている。

フィナは逆にティルミナさんと一緒にいる。こちらはこちらで、母親に甘えている。

まあ、フィナもまだ10歳の女の子だからね。母親に甘えたい年頃だ。甘えたくても、妹のシュリがいては甘えることはできないと思う。

そんなわけで今日はシュリと2人だけになる。


タールグイの島に来るとわたしはくまゆるとくまきゅうを召喚して、今すぐにでも走りだそうとするシュリに注意事項を伝える。

「くまゆるから、離れちゃダメだからね」

「うん！」

「くまゆるが行っちゃダメって言ったら、行っちゃダメだからね」

「うん！」

「わからない食べ物は採らない、食べない。もしくはくまゆるに聞くこと！」

「うん！」

「あと、なにかあったら、クマフォンでわたしを呼ぶこと」

「うん！」

「あとは……」

あと、注意することってあったっけ？

「うぅ、ユナ姉ちゃん。お姉ちゃんみたいだよ。ちゃんとくまゆるちゃんと一緒にいるし、くまゆるちゃんの話は聞くよ。ねえ、くまゆるちゃん」

シュリはくまゆるに抱きつく。くまゆるは「くぅ～ん」と鳴く。

「くまゆる、シュリをお願いね」

「くぅ～ん」

「くまゆるちゃん、早く行こう！」

「くぅ～ん」

楽しそうにするシュリを乗せたくまゆるは駆けていく。

わたしはシュリの後ろを追いかけるように、くまきゅうと一緒に出発する。

トコトコと進んでいると、さっそくシュリがくまゆると一緒にオレンを採っている姿がある。

くまゆるの背中に乗って、一生懸命に手を伸ばしている。ちゃんと、靴を脱いでいるのが微笑ましい。

「くまゆるちゃん。ちょっと、右に移動して」

「くぅ～ん」

くまゆるはシュリの指示に従って、右に移動する。シュリはくまゆるの上で上手にバランスをとっている。

「ああ、行きすぎだよ」

「くぅ～ん」

くまゆるは少し戻る。

シュリは手を伸ばす。

「採れたよ」

「くぅ～ん」

微笑ましい光景だ。

オレンはシュリとくまゆるに任せ、わたしとくまきゅうは先に進む。

マンゴー、バナナを手に入れていく。果物だけでなく、野菜もある。本当にいろいろな食べ物があるね。流石《さすが》にお店に出すほどはないけど、わたしが楽しむには十分にある。

でも、お店でも数量限定なら大丈夫かな？

◇◇◇

今日はユナ姉ちゃんといっしょに、くだものがたくさんなっている島に来ている。

ユナ姉ちゃんの家にあるとびらを開けると、この島に来ることができる。

とってもふしぎだ。

ユナ姉ちゃんは、たまにお姉ちゃんみたいに口うるさいときがある。

きょうも、ちゅういをするようになんども言われた。

そんなになんども言わなくてもわかるのに。

わたしはくまゆるちゃんにのって、くだものをさがす。

周りを見ているとオレンを見つける。

「くまゆるちゃん、あの木の下に行って」

「くぅ～ん」

くまゆるちゃんはオレンの木の下に行ってくれる。

わたしはくまゆるちゃんのせなかに立って、おいしそうなところをとる。

それから、ほかのくだものをさがしていると、くまきゅうちゃんといっしょにいるユナ姉ちゃんがくだものをとっているすがたがあった。

ユナ姉ちゃんに負けないよ。

なにか、おいしそうなものはないかな？

あそこに黒い実がなっている。

「くまゆるちゃん。あれ、たべられるのかな？」

「くぅ～ん」

見たことがないものはくまゆるちゃんに聞くように、ユナ姉ちゃんから言われている。

くまゆるちゃんは首をよこにふる。

どうやら、あれは食べられないみたい。

「あれは食べられる？」

今度は緑色や黄色の果物がなっているのを見つけた。少しオレンに似てる。でも、果物はオレンより小さく木も違う。見たことがないけど、これは食べられそう。

でも、一応くまゆるちゃんに聞く。

「くまゆるちゃん。これは？」

くまゆるちゃんは「くぅ～ん」と鳴いて、首を上げて下げる。

大丈夫みたいだ。

木はそれほど高くないので、わたしは手をのばして、黄色の果物をとる。

おいしいのかな？

わたしは黄色の果物をナイフで半分に切ってみる。色は違うけど、オレンみたいに果汁が多い。わたしはかぶりついた。

「うぅぅぅぅぅぅぅぅぅっ」

わたしはもっていた実を地面にすてる。

スゴくすっぱい。

「うぅ、くまゆるちゃんのうそつき。食べられるって言ったのに」

「くぅ～ん」

くまゆるちゃんが、かなしそうな顔をする。でも、うそをついたのはくまゆるちゃんだ。

口の中がすごくすっぱい。くまゆるちゃんにだまされた。

「どうしたの？」

わたしがくまゆるちゃんにおこっていると、くまきゅうちゃんにのったユナ姉ちゃんがやってきた。

「くまゆるちゃんが、うそをついたの！」

わたしが言うとユナ姉ちゃんが周囲を見て、目の前の木を見る。

「もしかして、レモンを食べたの？」

「すごく、すっぱかった。なのにくまゆるちゃん食べられるって」

「まあ、このままで食べたりしないからね。普通は肉料理や野菜の味付けに使う果実だよ。だから、食べられないってわけじゃないよ」

「そうなの？」

「だから、危険な食べ物じゃないから、くまゆるは食べられるって言ったんだと思うよ。だから、くまゆるを許してあげて」

わたしは黄色の果物とくまゆるちゃんをみくらべる。

くまゆるちゃんはうそはついていない。

「……くまゆるちゃん。おこってごめんね」

わたしはやさしく、くまゆるちゃんの頭をなでた。

くまゆるちゃんは「くぅ〜ん」とないて、わたしにすりよってくる。

ゆるしてくれたみたいだ。

でも、今度はふつうに食べられるものをさがすことにする。

◇◇◇

わたしはシュリが見つけたレモンをいくつか採る。レモンジュースを作ってもいいし、レモンティーも作れる。

あとハチミツ漬けにして食べたりするって聞いたことはあるけど、食べたことはない。美味しいのかな？　今度、作ってみるのもいいかも。

それから、今回のような間違いが起きないようにシュリと一緒に行動することにする。まあ、一緒に行くことになっても、わたしもここの知らない食べ物は見ても分からないんだけどね。

4人でタールグイの島を探索していると、トウモロコシがなっているのを見つけた。

うん？　右と左で種類が違うみたいだ。

片方は、生でも食べられそうなほどみずみずしくて、美味しそうだ。でも、もう片方は枯れている。

タールグイの島で枯れるの？

わたしは枯れているトウモロコシを一つ手にする。これはもしかすると？

ポップコーンを作ることができるトウモロコシの品種があって、そのトウモロコシは枯れるぐらいまで待ってから収穫するって、昔にテレビで見た記憶がある。収穫したあとは、しばらく乾燥させた実がポップコーンになるはず？

曖昧《あいまい》な記憶だけど、そんな感じだった。

もし、トウモロコシの品種が違ったら、ポップコーンにならないんだけどね。

でも、確かめる価値はある。ポップコーンは小学生のときに、映画を見に行ったとき食べたぐらいだ。中学生になってからは、家に引きこもっていたから、この数年は食べていない。映画でも見ながら食べられたら、いいんだけど、残念ながら、この世界には映画館もテレビもない。でも、劇場はあったよね。

劇を見ながら食べるのもいいかもしれない。

もっとも、劇を見ながらポップコーンを食べていたら、目立つのは間違いない。

まあ、劇を見ながら食べなくても、フィナやシュリにポップコーンの作り方を見せてあげたい。ポンポンと爆発して、硬い種が柔らかい白い食べ物に変わる。あれは初めて見ると驚くからね。


わたしは枯れかかっているトウモロコシを採る。

「ユナ姉ちゃん、そんなかれているのかたくて食べられないよ。こっちのほうがやわらかいよ」

シュリは枯れたトウモロコシと、青々とした食べ頃のトウモロコシを比べて見せる。

「ちょっと、試したいことがあってね。こっちの枯れたトウモロコシが必要なんだよ」

「ためしたいこと？」

「食べられるかわからないんだけどね」

「食べるの？」

シュリは枯れたトウモロコシを見て、少し嫌そうな表情をする。

まあ、こんなかたそうなものを食べたいとは思わないよね。

「シュリとくまゆるは、そっちのトウモロコシをお願い。くまきゅうはこっちを手伝って」

「くぅ～ん」

わたしとシュリは手分けして、新鮮な食べ頃のトウモロコシと枯れたトウモロコシを収穫する。

王都の学園祭のときに作った綿菓子もよかったけど、ポップコーンでもよかったかもね。

まあ、あのときはトウモロコシの種がなかったからしかたない。これだって、まだ、ポップコーンになるかどうかもわからないし。

「ユナ姉ちゃん、おなかすいた」

トウモロコシを採っているとシュリがそんなことを言い出す。確かにそろそろお昼の時間だ。

「それじゃ、トウモロコシでも食べようか」

「うん！」

わたしはロージナさんのところで買った鍋を取り出して、水を入れて火にかけてトウモロコシを茹《ゆ》でる。

そして、しばらく待つと、トウモロコシがいい感じに茹であがる。

「熱いから気をつけてね」

わたしは火傷《やけど》をしないように、ハンカチに巻いてから、シュリに渡してあげる。

シュリは「ふ〜ふ〜」と息を吹きかけながらトウモロコシを食べる。

「あつっ」

「気をつけて食べて」

「でも、おいしい」

「採れたてだからね」

わたしは座っているくまゆるとくまきゅうの分も取ってあげる。

くまゆるとくまきゅうは両手で上手にトウモロコシを持ち、食べ始める。

トウモロコシだけじゃ寂しいので、採ってきた果物を切って、お皿にのせる。

「うぅ、どれもおいしい。お姉ちゃんも来ればよかったのに」

今頃、フィナはティルミナさんに甘えているかもしれない。想像してみるが、甘えるっていうよりは一緒に仕事をするイメージしか湧かない。でも、嬉しそうにしているに違いない。

「それじゃ、お土産にフィナとティルミナさんに採っていってあげようね」

「うん！」

「あと、ゲンツさんにもね」

ゲンツさんを忘れると可哀想だからね。

トウモロコシを食べたあとも果物や野菜を採り、フィナや孤児院に持って帰ってあげた。

457　クマさん、ノアと熊に会いに行く　その1

「ユナさん、どこに行っていたんですか！」

わたしが家でのんびりとしているとノアがやってきた。

「この数日間、家に来てもいないし、お店の人に尋ねれば、フィナと出かけているっていうし。いつもフィナだけ、ズルいです。わたしもユナさんとお出かけがしたいです」

シュリに続いてノアにまでズルいと言われてしまった。

でも、わたしはのんびりしたい。

「ユナさん、ユナさん」

ノアはわたしの体を摑《つか》むと前後に揺らしてくる。揺らすのはやめてほしいんだけど。

「ちなみに、どこに行きたいの？」

諦めそうにないので、尋ねてみる。

「王都！」

「却下！」

「うぅ、くまゆるちゃん、くまきゅうちゃん。ユナさんが意地悪します～」

ノアはわたしの服を離すと子熊化しているくまゆるとくまきゅうを抱きしめ、ソファの上で足をバタバタさせる。

「そんなに足をバタバタしたら、はしたないよ。ノアはお嬢様なんだから」

「うぅ、それなら、どこかに連れていってください」

ノアは頬《ほお》を膨らませる。

連れていってあげたいけど、フィナやシュリと違って貴族のご令嬢を気軽に連れまわすわけにはいかない。出かけるにしてもクリフの許可が必要になる。

それにクマの転移門のことは秘密だし、難しいところだ。

「わたしは少し出かけるけど、ノアは残る？」

「えっ、どこかに行くんですか？　わたしも行きます！」

「くまゆるとくまきゅうのハチミツを買いに行くだけだよ」

「え〜〜〜」

文句を言いながらもノアもついてくることにしたらしい。

わたしとノアはそれぞれ子熊化したくまゆるとくまきゅうを抱いて、ハチミツが売っているお店に向かう。

隣を歩くノアは、お出かけが近所のためか頬を膨らませている。

「ほら、海に連れていってあげたでしょう」

「そのあとに、フィナはお出かけしています」

「クリフに連れていってもらったら？」

「ユナさんとくまゆるちゃんとくまきゅうちゃんと一緒がいいです」

ノアは腕の中のくまきゅうを抱きしめる。

う～ん、街の近くをピクニックぐらいなら大丈夫かな？

わたしがいろいろと考えていると、ハチミツを売っているお店に到着する。

「ここにハチミツが売っているんですね」

お店の中に入ると、レムさんと他の店員さんの姿がある。わたしがお店に入るとレムさんはすぐにわたしに気づく。

「クマの嬢ちゃんか。今日もその子たちのハチミツか？」

「うん、お願い」

わたしはクマボックスから空《から》の壺《つぼ》を出し、カウンターの上に乗せる。

「いつも、ありがとうよ」

「くまゆるとくまきゅうの大好物だからね」

たまに、わたしはくまゆるとくまきゅうの食べるハチミツを買いに来ている。この前、トウヤからもらったハチミツは食べ終わってしまったので補充だ。

「相変わらず、嬢ちゃんのクマは可愛《かわい》いな」

レムさんはわたしが抱いているくまゆるの頭を撫《な》でる。そして、ノアが抱いているくまきゅうの頭を撫でようとして、気付く。

「うん？　もしかして、ノアール様ですか？」

「お久しぶりです」

ノアがくまきゅうを抱いたまま挨拶《あいさつ》をする。

「ノア。レムさんを知っているの？」

「はい。お父様とお話をしているところをお見かけして、挨拶をしたことがあります」

確か、仕事の関係でクリフとレムさんは知り合いだから、ノアが知っていてもおかしくはない。

レムさんはくまゆるとくまきゅうを抱いているわたしとノアを見る。

「お2人は知り合いだったのですね」

「はい。ユナさんにはお世話になっています。今日はユナさんとくまゆるちゃんとくまきゅうちゃんのハチミツを買いに来ました」

さっきまで、「買い物ですか～」って感じに頬を膨らませていたのに、礼儀正しく会話をしている。これが貴族の教育なのかな？

「そういえば、ハチミツでしたね」

レムさんはわたしの壺を持ってハチミツが入っている大きな壺に向かう。そして、わたしが持ってきた壺の中にハチミツを入れてくれる。当たり前だけど、ハチミツを入れる壺は無料でない。壺を持参すると、安く購入することができる。

「ほら、くまゆるとくまきゅうだったな。俺のおごりだ」

レムさんはそう言うとお皿の上にハチミツを垂らし、くまゆるとくまきゅうの前に置いてくれる。

「いつも、いいの？」

「嬢ちゃんと嬢ちゃんのクマには、お世話になったからな」

　わたしとノアがくまゆるとくまきゅうを離すと、くまゆるとくまきゅうはハチミツを舐《な》め始める。

「ユナさん、なにかしたんですか？」

「ちょっと前に、蜂の木に住み着いた魔物を倒しただけだよ」

「あのときは本当に助かった」

「仕事だから、そんなに気にしないでいいよ」

「そういえば、嬢ちゃん。明日は暇かい？」

「とくに予定はないけど、なに？」

　一応、冒険者及び、お店の経営をしているけど。冒険者の仕事はないし、お店はティルミナさんにモリンさん、アンズがいるから、わたしが口を挟むことはなにもない。実際にルドニークの街に行っている間もお店は任せっぱなしだった。わたしがいなくても、基本的に問題はない。

　だから、わたしは毎日が日曜日だ。だからといって、ニートじゃないよ。仕事はしていないけど、冒険者という肩書きをちゃんと持っている。

「それなら、明日は一緒にハチミツを採りに行かないか？」

「ハチミツ？」

「それと、熊にも会いたいだろう」

蜂の木に現れた魔物を討伐してから、熊たちを何度か見に行ったりしている。そのうちの1回はレムさんと行っている。

そのときに、レムさんは嬉しそうに熊に触っていたことを思い出す。

わたしを誘うってことは近くで熊に会えるってことかな？　それまでは遠くから見守っていたらしい。

「あのう、熊ってなんですか？」

「ハチミツが採れる木の近くに熊の親子がいるんです」

レムさんがノアに説明をする。

「その熊さんは危険ではないんですか？」

「いえ、とっても優しい熊ですよ。下級の魔物なら、倒してくれます。蜂の木の番人ですね」

ノアの質問にレムさんは自慢するように答える。そのレムさんの答えにノアの顔が徐々に変わっていく。次に出てくる言葉が予想できてしまった。

「わたしも、その熊さんに会いたいです」

想像どおりの言葉が出た。

「えっと、それは」

ノアの言葉に困ったのはわたしでなく、レムさんだった。

それはそうだ。貴族のご令嬢を野生の熊がいるところに連れていくわけにはいかない。

行きたいと言われても困るだろう。

「ユナさん……」

ノアが少し悲しそうな表情でわたしを見る。

どこかに連れていってあげたい気持ちもある。ドワーフの街に行っていたので、ノアを構ってあげていないのは事実だ。

「……わかったよ。ただし、条件があるよ」

「条件ですか？」

「クリフの許可をもらうこと。クリフがいいよって言ったら、連れていってあげる」

さすがに勝手に連れ出すことはできないから、これが最低条件だ。

「お、お父様の……」

「クリフの許可がなければ、連れていくことはできないよ。一応、出発前にクリフに確認しに行くからね。嘘《うそ》を吐《つ》いてもダメだからね」

「わかりました、必ず、お父様の許可をもらいます」

ノアは、小さな手を力強く握り締める。

ハチミツを購入したわたしはお店を出る。ノアはクリフに許可をもらうために家に帰っていった。

翌日、レムさんとの約束の時間の前にノアの家に行く。ちゃんとクリフの許可が下りたか確認するためだ。

ノアの家に着くと嬉しそうにしているノアが待っていた。

「ユナさん、お父様の許可はもらえました」

ノアは満面の笑みで答える。

わたしは一応、クリフに確認を取ると、

「ああ、いいぞ」

会った早々に言われてしまった。

「えっと、ノアから、ちゃんと話は聞いた？　野生の熊に会いに行くんだけど」

「おまえさんが一緒なんだろう」

「そうだけど」

「なら、問題はない。さんざん魔物を倒しておいて、熊ぐらいで慌てることもないだろう」

「……」

「それにレムから大人しい熊という報告は受けている」

「……」

「ノアが蜂の木を見学するのは勉強にもなる。レムだけなら不安だが、おまえさんが連れていってくれるなら、なにも問題はない」

そんなわけで、クリフの許可も下りたので、わたしとノアはレムさんと合流して、蜂の木及び、熊に会いに出発する。

　レムさんは馬車に乗り、わたしはくまゆるに、ノアはくまきゅうに乗る。レムさんの馬車には大きめの壺がいくつも載せられている。

「ユナさん。熊さんって、どんな熊さんなんですか？」

「子熊が2頭いる4人家族だよ。子熊は数カ月前に生まれたばかりだから、まだ、小さいかな？」

「うぅ、早く見てみたいです」

「蜂の木を見るのも忘れないでね」

「もちろんです。お父様にちゃんと報告しないと怒られます。それに、もし、ちゃんと報告ができなかったら、勉強漬けにさせられます」

　さすが、貴族というべきか。ちゃんと教育しているね。

　わたしたちは森の近くまでやってくる。レムさんの馬車は一本道を通り、わたしたちはその後ろをついていく。

　しばらく進むと、花が一面に咲いている場所に出る。

「綺麗《きれい》です」

「そう言っていただけると嬉しいです」

　ノアの言葉にレムさんが笑顔でお礼を言う。

「この花は美味《おい》しいハチミツが採れるように、レムさんたちが管理しているんだよ」

「話には聞いていましたが、綺麗です」

「そうだね。綺麗だね」

タールグイの島の花畑の光景を思い出す。そういえば、タールグイには蜂の木はないのかな？

「あれが蜂の木ですか？」

ノアが花が咲く先に目をやる。大きな木があり、蜂がたくさん飛んでいる。

「そうだよ。危ないから、近づいたらダメだからね」

一応、専門家のレムさんじゃないと近寄るのは危ない。

「嬢ちゃん。熊に会う前に先にハチミツをいいか？」

「それじゃ、手伝うよ。ノアは、ここでくまゆるとくまきゅうと一緒に見学ね」

「わかりました。でも、早くしてくださいね」

わたしは馬車に載せてある空の壺を、一度クマボックスにしまう。

そして、蜂の木の側まで行き、壺を出す。

「嬢ちゃん。ありがとう。助かる」

レムさんは蜂を怒らせないようにハチミツを壺の中に入れていく。そして、ハチミツが入った壺をクマボックスに入れる。それを繰り返し、全ての壺にハチミツが入ると馬車に戻ってきて、馬車の上に出す。

「嬢ちゃんのおかげで、早く終わった。昨日、買ったばかりだと思うが、この壺を持っていってくれ」

レムさんはハチミツが入った壺の一つを差し出す。

「いいの？」

「ああ、手伝ってくれたお礼だ」

わたしはハチミツが入った小さな壺をもらう。

くまゆるとくまきゅうのほうを見ると欲しそうに壺を見ている。

「帰ってからね」

「くぅ～ん」

そんな悲しそうに鳴かなくても。それにハチミツなら昨日も食べたでしょう。

458 クマさん、ノアと熊に会いに行く　その2

「それで、ユナさん。熊さんはどこにいるんですか？」

先ほどから待ちきれないのか、くまきゅうを抱いているノアが尋ねてくる。

クマならノアが抱いているでしょう。とツッコミを入れたくなるがやめる。

まあ、くまゆるとくまきゅう以外の熊は見たことがないから、楽しみなんだろう。

「居場所は分からないけど、くまゆるとくまきゅうに呼んでもらうよ。くまゆる、くまきゅう、お願い」

「「くぅ～ん」」

くまゆるとくまきゅうは返事をすると「「くぅ～～～～～～～～ん」」と大きな声で鳴く。

「な、なんですか？」

「熊を呼んでもらったんだよ」

探知スキルでは熊の居場所は分からない。それなら、呼べばいい。

くまゆるとくまきゅうは熊だ。会話もできるから、呼ぶこともできる。くまゆるとくまきゅうが熊と仲良く会話をしているときは驚いたけど。

「それでは、熊さんが来るんですね」

ノアはキョロキョロと周辺を見る。

わたしもどこから来るのかと思っていると、右側の木々の間から熊の親子が顔を出した。大きい熊が2頭に子熊が2頭の親子だ。

「ユナさん、熊さんです！　熊さんです！　熊さんの親子です」

興奮するノアはわたしの腕を摑《つか》んで揺らす。

嬉しいのはわかるけど、揺らすのはやめて。

「見ればわかるよ。興奮して、熊たちを驚かせないでね」

熊が驚いて、ノアを襲ったら危ない。一応、大人しいけど、野生の熊ってことを忘れてはいけない。

「わかっています。大丈夫です。優しく撫でますから」

撫でる気でいるよ。

「くまゆるとくまきゅうとは違って、野生の熊ってことを忘れないでね。わたしがいいって言うまで触ったらダメだからね」

今にも走りだしそうなので、注意しておく。

「はい、分かりました」

わたしの忠告に、ノアが気を引き締める。

そして、熊の親子はゆっくりとわたしたちのところにやってくると、くまゆるとくまきゅうと体を擦《す》り合う。

どうやら、大丈夫そうだ。

「くぅ〜ん」

子熊の2頭はわたしのところにやってくる。子熊化したくまゆるとくまきゅうも可愛いけど、こっちの子熊たちも可愛い。あれから、少し成長したかな。熊はやっぱり、小さいほうが可愛い。

「ユナさん、わたしも触ってもいいですか？」

わたしが子熊を撫でていると、ノアが今にも子熊に手を出そうとしているが、ちゃんと、わたしとの約束を守って我慢をしている。

「くまゆる、くまきゅう。ノアがこの子たちに触るけど、危険はないって言ってもらえる？」

わたしは親熊と仲良くしているくまゆるとくまきゅうにお願いする。

するとくまゆるとくまきゅうは親熊と話を始める。

「くぅ〜ん」「くぅん」「くぅ〜ん」「くぅん」

よくわからないけど、なにか会話をしている。

こういうとき、クマ語スキルがあればと思ってしまうが、くまゆるとくまきゅうの本心が聞けたら聞けたで、怖い気もする。そう考えると、クマ語のスキルはないほうがいいのかもしれない。

そして、親熊との会話が終わると、くまゆるはノアのところにやってくる。くまゆるはノアの後ろに回り、背中を押す。

「くまゆるちゃん？」

「熊に触ってもいいって」

「本当ですか？」

ノアは少し怖がりながら、ゆっくりと手を伸ばしてわたしの腕の中にいる子熊に触る。

「くまゆるちゃんとくまきゅうちゃんとは感触が違います。少し、毛が硬いです」

「くまゆるとくまきゅうは、お風呂に入っているからね。野生の熊と比べると違うね」

さらに召喚するたびに、綺麗な状態になっている。いつも、ふわふわモコモコの状態だ。

「でも、柔らかいです」

まあ、モフモフだね。わたしも子熊の背中を撫でる。

「あと、こっちの熊さんは顔がカッコいいです」

「「くぅ～ん！」」

ノアの言葉にくまゆるとくまきゅうが少し怒る。

「ごめんなさい。くまゆるちゃんとくまきゅうちゃんはカッコいいっていうより、可愛いです」

「それで、嬢ちゃん。俺も触っても大丈夫か？」

先ほどから黙ってわたしたちを見ていたレムさんが、ノアの後ろで熊に触りたそうにしている。

「くまゆる、くまきゅう。レムさんも触りたいって」

「くぅ～ん」「くぅん」「くぅ～ん」「くぅん」

今度はくまきゅうがレムさんの後ろに回り込み、背中を押す。

「いいみたいだよ」

「そうか」

レムさんは親熊を触り、子熊を触る。レムさんは満足気な表情をする。

やっぱり、レムさんも熊に触りたかったんだね。

「いつも、蜂の木を守ってくれて、ありがとうな。でも、あまり危険なことはしないでくれな」

言葉は通じないけど、レムさんは優しく熊に話しかけている。

「熊さんは蜂の木を守る番人なんですね」

「前に魔物と戦ってくれました」

でも、それって自分の縄張りを守るために戦ったんだよね。

まあ、わたしとしても、ゴブリンやオーク、熊が戦っていたら、熊を応援する。

「でも、次に現れる魔物を熊が倒せるとは限らないからな。もし、魔物が住み着いたら、冒険者に依頼すればいいことだ。熊たちが無理をすることもない」

「そのときは、わたしが依頼を受けるよ」

「嬢ちゃんが引き受けてくれるなら、安心だな」

下手に冒険者と熊が遭遇して、戦いになっても困るしね。

何より、わたしが熊を守りたい。

「まあ、危険なのは魔物だけではないけどな。もし、冒険者が熊討伐に来たら、逃げるんだぞ」

レムさんは熊たちを撫でながら言う。

確かにその可能性もある。人のほうが魔物より、危険かもしれない。

「でも、あの街の冒険者で熊さんを討伐しに来る人っているんですか？」

ノアがわたしとくまゆる、くまきゅうを見る。それに反応するようにレムさんもわたしたちに視線を向ける。

「冒険者ギルドで依頼があれば、討伐に来るかもしれませんが、別に暴れもしていない熊さんを討伐に来る人はいないと思います」

わたしは心の中で熊を食べたりしないのかなと思ったりしたが、返答が怖いので聞くことはしない。

「それにユナさんのことを知っている冒険者なら、熊さんに手は出さないと思います」

「確かに」

ノアの言葉にレムさんは頷く。

今さらだけど、わたしって、他の冒険者にどう思われているのかな？　あまり、良いイメージは持たれていないようなんだけど。

それ以前に、なんでレムさんが頷《うなず》くの？

レムさんの心の中にあるわたしのイメージも気になってくる。

しばらく、熊たちと一緒に過ごしていると、熊たちは「くぅん」と鳴くと立ち上がり、蜂の木に向かって歩きだす。

どうやら、食事の時間みたいだ。

「ああ、わたしも一緒に行きたいです」

「危ないから遠くから観察するだけだよ」

「うぅ、わかりました」

ノアは名残惜《なごり》しそうに熊の親子を見送る。

熊の親子は蜂の木の下に移動すると、ハチミツを食べ始める。

レムさんやクリフはハチミツを食べることを許しているけど、本来は討伐対象なんだろうね。

普通に考えたらハチミツを食べる外敵だ。

もし討伐の話が上がったら、タールグイの島に逃がすのもいいかもしれない。

ハチミツを食べる熊たちを見ていると、横から小さく「ク～」と鳴く音がした。

横を見るとお腹を押さえているノアがいる。

「わ、わたしのお腹の音じゃ、ないですよ」

ノアが少し顔を赤らめて、否定をする。

「わたしは何も言っていないよ」

「うぅぅ」

ノアは恥ずかしそうにする。

でも、確かにお昼の時間だ。お腹が空いてもしかたない。

「それじゃ、わたしたちも、ここでお昼を食べようか」

「お昼ですか？」

「せっかく、ここまで来たんだし、花も綺麗だしね。それに、レムさんに話を聞くこともあるでしょう？」

わたしはクマボックスから地面に絨毯《じゅうたん》のようなシートを敷き、パンが入ったカゴを取り出す。

「よかったら、レムさんも座って、食べてください」

「いいのか。それは助かる」

レムさんとノアはシートの上に座る。

わたしは飲み物が入った小樽とコップを用意する。

「飲み物は果汁と牛乳があるから、好きなものを飲んで」

「ありがとうございます。わたしは牛乳をもらいます」

「俺は果汁をいただこう」

2人のコップにそれぞれの注文どおりの飲み物を注ぐ。

「あと、野生の熊に触っているから、パンを手に取る前に、これで手を拭《ふ》いてね」

わたしは濡《ぬ》れタオルを2人に渡す。

熊を触った手でパンを食べるのは危ない。くまゆるやくまきゅうと違って、野生の熊はお風呂に入っていない。

　まあ、川などに入っているかもしれないが、衛生面で考えたら、拭いたほうがいい。

「なにからなにまで、すまない」

「ユナさん。ララみたいです」

　ノアより年上のお姉さんだからね。

　2人は濡れタオルで手を拭き、パンに手を伸ばす。

「ああ、くまパンです」

　ノアはカゴに入っている、くまパンを見つける。

　ノアが喜ぶかと思って、持ってきた。

「これが、噂《うわさ》のクマの顔をしたパンか」

　レムさんもくまパンを手にする。

「レムさん、知っているの？」

「ああ、店で働く者の中で話題になっていたからな」

　そう言ってレムさんはくまパンを食べる。

　でも、熊を見ながら、くまパンを食べるって、どうなんだろう。

　わたしはくまパンでなく、サンドイッチを手に取って食べる。

「はい、くまゆる、くまきゅうも」

　わたしはくまゆるとくまきゅうの口の中にサンドイッチを入れる。

「ああ、わたしもあげます」

ノアもくまゆるとくまきゅうにパンをあげる。

そして、パンを食べながら、レムさんの授業が始まった。

「それじゃ、季節ごとに花を変えているんですか？」

「季節によって咲く花が違います。まあ、冬になれば、蜂の活動が止まりますので、それまでは蜜を集めてもらいます。もちろん、活発な時期や繁殖の時期などがありますから、一概には言えませんが、花があれば蜜を集めてくれますので、一年じゅう花を咲かせるようにしています」

「そうなんですね」

ノアは真面目にレムさんの話を聞いている。

「なので、季節によって蜂蜜の味が変わります」

花によって、蜂蜜の味が違う。

レムさんは、どんな花が咲いているか、どんな蜂蜜の味がするか、話してくれる。

ノアは真面目に話を聞いて、ノートにメモしている。

花と蜂蜜講座が終わると、ノアは熊が魔物と戦ったときの話を尋ねたりした。

レムさんの話が終わると、熊の食事も終わり、蜂の木から移動し始める。

「ああ、熊さんたちが行ってしまいます」

熊の親子は森の中に消えていく。

「追いかけちゃ、ダメだよ」

「あの子熊をお持ち帰りしたかったです」

「そんなことをしたら、怒るよ」

「冗談です。そんなことしないです。あんなに仲が良い家族を離れ離れにしたりしません。でも、お持ち帰りしたかった気持ちはありました」

まあ、子熊は可愛いからね。でも、大きくなると、怖くなる。

わたしの心を読んだのか。くまゆるとくまきゅうが擦《す》り寄ってくる。

「2人は大きくても、怖くないよ」

「嬢ちゃん。ご馳走になった。俺は周囲の花を確認しに行ってくるから、少し待っててくれ」

レムさんは立ち上がる。

「わたしも行きます。ユナさん、いいですよね？」

「いいけど、レムさんの邪魔だけはしちゃダメだよ」

「もちろん、しませんよ。どんな花が咲いているか、見に行くだけです」

ノアはレムさんのあとを追いかける。

わたしはくまゆるとくまきゅうを背もたれにして目を瞑《つむ》り、ノアとレムさんを待つことにする。

レムさんが花について説明する言葉や、ノアがいろいろと質問する声が風に乗って聞こえてくる。

ちゃんと、レムさんの話を聞いて勉強をしているようだ。
たまには、外でのんびりするのもいいものだね。

459　クマさん、学生組に捕まる

ノアと熊に会いに行ってから、わたしは料理を作ったりしてのんびりと過ごし、引きこもり生活を送っている。

でも、テレビもゲームもパソコンも漫画も小説もない部屋では引きこもりも長くは続かない。わたしは出かけることにして、引きこもり生活を早々に終える。３日ともたなかった。でも、引きこもりの三日坊主はいいことになるのかな？

わたしはキッチンであるものを作り、クマボックスにしまう。

「くまゆる、くまきゅう、出かけるよ」

わたし以上にだらけているくまゆるとくまきゅうに声をかける。ペットは飼い主に似るっていうけど、わたしに似たんじゃないよね？

わたしはくまゆるとくまきゅうを送還して、クマの転移門がある部屋に移動する。扉を開けて、移動したのは王都のクマハウス。

リリカさんとガザルさんがどうなったか気になるところだけど、今日はフローラ様に会いにお城へ向かう。

「これはユナ殿。お久しぶりです。フローラ姫にご面会でしょうか？」

門兵に声をかけられる。初めは驚かれたものだけど、最近は名前で呼ばれるようになった。

もっとも、わたしは門兵の名前は知らないけれど。

「そうだけど。会いに行っても大丈夫？」

「はい、大丈夫です。フローラ姫もお待ちになっていらっしゃると思います。いつも黒いクマのぬいぐるみを持ち歩いていらっしゃいます」

黒いクマのぬいぐるみってことは、くまゆるぬいぐるみだね。確か、アンジュさんの話では汚れてもいいように、出歩くときは黒いくまゆるのぬいぐるみに限定しているらしい。部屋ではくまきゅうぬいぐるみを抱きしめているらしい。

ちゃんと、プレゼントしたぬいぐるみを使ってくれているようで嬉しい。ぬいぐるみは汚れたら、洗えばいいし。

飾られて放置されるよりは、ボロボロになるまで抱きしめてもらったほうが、ぬいぐるみも喜ぶはず。

でも、投げ飛ばしたり、腕や足を持って振り回すのはやめてほしい。

孤児院で一度だけ、くまゆるぬいぐるみとくまきゅうぬいぐるみが空を飛んでいるのを見た。

あれは悲しいね。


そして、門兵に挨拶《あいさつ》をしてお城の中に入ると、門兵の一人が駆け出していく。

うん、いつもの光景だ。

予想どおりなので、ちゃんと国王陛下やエレローラさんの分も用意してある。そのあたりの抵抗は諦めた。

「ユナ！」

わたしが周囲の風景を見ながらフローラ様の部屋に向かっていると、どこからか、女の子の声で名前を呼ばれる。名前を呼んだ人物を探すと、すぐに見つけることができた。わたしに向かって、長い髪を揺らしながら走ってくる人がいるからだ。

「ユナ、お城に来ていたのね」

わたしを呼び止めたのはこの国のお姫様。国王の娘のティリア姫だ。フローラ様の姉である。

でも、お城でティリアに会うのは珍しい。

「もしかして、わたしに会いに来たの？」

「フローラ様だよ」

「そこは嘘でもわたしに会いに来たって言うところじゃない？」

女なら誰にでも声をかける軽い男が頭に浮かぶ。

そんな調子がいいことを言われても、嬉しくないと思うんだけど。

わたしがティリアと話をしていると、ティリアの後ろから、走ってくる者がいる。

「ティリア様〜。急に走りださないでくださいよ」

見知った顔が2つやってきた。

「だって、お城の中をクマが歩いていたら、普通、追いかけるでしょう？」

「ユナさんを見つけた嬉しい気持ちはわかりますけど。だからって、急に走らないでください」

「声はかけてほしい」

「2人とも、ごめん」

ティリアのあとにやってきたのは、シアとマリクスの2人だった。

お城でティリアに会うことはあるかもしれないけど。シアとマリクスに会うのは珍しい。

「でも、どうしてユナさんが王都にいるんですか?」

「しかもお城に」

わたしが2人に対して思った疑問を、逆に尋ねられた。

「わたしはフローラ様に会いに来ただけだよ」

「ユナは、いつもフローラ様に会いに来て、美味《おい》しいものや、喜びそうなものを持ってくるのよ」

まあ、お土産がなくても、フローラ様ならくまゆるとくまきゅうがいれば喜んでもらえると思うけど。なんとなく、お城に来るときはお土産を持ってくる習慣がついてしまった。

たぶん、その原因になったのは、とある大人たちのせいだと思う。

「ユナさん、食べ物以外も持ってきているんですか?」

「クマの絵本とか、クマのぬいぐるみね」

「ぬいぐるみなら、ティリアにもプレゼントしたでしょう」

学園祭でティリアに会ったとき、くまゆるとくまきゅうのぬいぐるみが欲しいと言うので、プレゼントした。

「ぬいぐるみって、くまゆるちゃんとくまきゅうちゃんのぬいぐるみのこと？」

シアがぬいぐるみという単語に反応する。

「ええ、ユナにもらったの」

「いいな。このあいだ、クリモニアの家に帰ったとき、ノアの部屋にあったけど。ユナさん、わたしもぬいぐるみが欲しいです」

「別にいいけど。本当に欲しいの？」

別に年齢のことを言うつもりはないけど。シアの年齢になると微妙なお年頃だ。

まあ、わたしもぬいぐるみは部屋に飾っている。

「くれるんですか？」

「ちなみに、どっちが欲しい？」

「えっ、両方くれないんですか!?」

わたしの質問にシアは驚く。

「冗談だよ。シアはくまゆるとくまきゅうのどっちが好きなのかなと思って」

「どっちも可愛いから、選べないよ」

まあ、わたしも選ぶことなんてできない。どちらかを選ぶなんて、究極の選択だ。

もし、片方しか助けられない場合、どちらを助ける？　って問いがあるけど。両方、大切だったら選べないよね。

わたしはクマボックスから、くまゆるぬいぐるみとくまきゅうぬいぐるみを出して、シアに渡す。

「ユナさん、ありがとう」

シアは嬉しそうにくまゆるぬいぐるみとくまきゅうぬいぐるみを抱きしめ、アイテム袋にしまう。

その姿をマリクスが、なんとも言えない表情で見ていたのは、内緒だ。

「それで、シアとマリクスはどうしてお城に？」

「わたしはお母様についてきました。そしたら、ティリア様に会って」

「暇だったので、お茶にお誘いしました」

「俺は親父に兵士の訓練に参加させてもらうために来たんだけど、2人に捕まった」

「人聞きの悪い。訓練に参加できずに、つまらなそうにしていたから、誘ってあげたんでしょう」

なんでも、訓練に参加するはずだった兵士の部隊が仕事に出てしまい、中止になったそうだ。

でも、3人ともいるってことは、学園は休みなのかな？

わたしが3人のことを見ていると、マリクスがわたしを見て、なにか言いたそうにしている。

「なに？」

わたしが訪ねるとマリクスは少し言いにくそうに口を開く。

「……ユナさん。暇だったら、俺の剣の相手をしてくれないか」

「剣の相手？」

「ユナさん、強いし。あとルトゥム様と試合をして勝ったんだろう？　シアたちはその試合を見たのに俺だけ見ていないし」

「見たのは、ティリア様とわたしだけで、ティモルとカトレアは見ていないよ」

「そうだけど。あの試合を見た知り合いから聞いたけど、凄《すご》い戦いだったんだろう。ユナさん、頼むよ」

マリクスは手を合わせて頼むが、先ほどから何を言っているのかわからない。

「その前に聞きたいことがあるんだけど、そのルトゥムって誰？」

わたしの脳にそんな名前の人物と試合をした記憶はない。

でも、わたしの言葉に3人はアホの子を見るような、呆《あき》れるような目でわたしのことを見る。

「ユナさん、本気で言っています？」

「ルトゥム様と試合したんだよな？」

「だから、そのルトゥムって誰？」

知らないものは知らない。

「誰かと勘違いしていない？」

「どうやら、本当みたいです」

「信じられない」

「ほら、ユナさんがわたしのために、学園祭で試合をした騎士隊長ですよ」

…………ポンッ。

わたしは片方のクマさんパペットの口を広げて、もう片方のクマさんパペットで叩《たた》く。

シアの言葉で誰のことなのか分かった。

「ああ、あのムカつくおじさんのことね」

どうやら、学園祭でシアのために試合をした相手の名前だったみたいだ。

ルトゥムとか言うから、すぐに思い出せなかった。

「ユナさん、本当に忘れていたんですか？」

「だって、そんなおっさんの名前なんて覚えていないよ」

そもそも、初めから覚える気がない人の名前なんて、記憶に残らない。

学園祭で喧嘩《けんか》した相手って言ってくれたら、すぐにわかったのに。名前を言われても、わたしが覚えているわけがない。

「おっさん……」

「ルトゥム卿《きょう》を、おっさん呼ばわりするのはユナさんぐらいですね」

ティリアは呆《あき》れ、マリクスは信じられないという表情をし、シアは笑う。

「でも、ユナさんと試合って、マリクス死にたいの？　ルトゥム卿だって勝てないのに」

「誰も黒虎《ブラックタイガー》を倒すユナさんに、勝てるとは思っていない。ただ、時間があれば手合わせをと思っただけだ。強い人と試合するのはいい勉強になるからな」

マリクスは尊敬するような眼差しでわたしを見ている。

本当に人は変わるもんだね。初めてわたしと会ったときの録画映像があったら、マリクスに見せてあげたい。

「う〜ん、ユナさんと手合わせか。それなら、わたしもお願いしようかな」

マリクスに続いて、シアまでそんなことを言いだす。

「でも、ティリアとお茶をするところだったんじゃないの？」

面倒くさいので、逃げ道を探してみる。

「お茶でもしようと思っていたけど、わたしもユナの戦うところを見てみたいかな」

ティリアまで、マリクスとシアに続く。

わたしは引きこもりをやめて、フローラ様に会いに来ただけなのに。

「わたしはフローラ様に会いに行かないといけないから。それに他の人がいるところで、あまり目立つことはしたくないから」

わたしは逃げるように言う。

試合となれば、場所が限られる。訓練している兵士や騎士がいるかもしれない。そんな中で試合なんてしたくない。

「それなら、奥の室内訓練場なら、使っていないから大丈夫なはずよ」

わたしが逃げようとしているのに、ティリアが逃げ道を塞《ふさ》ぐ。

「ティリア様、いいのですか？」

「いいよ。許可なら、わたしがしておくから。それじゃ、ちょっと、室内訓練場の鍵を借りてくるわね。場所はわかるわよね？」

どんどん、話が進んでいく。

わたしはここに来た目的を再度、口にする。

「わたしはフローラ様に会いに行くんで」

「そっちも大丈夫。わたしがフローラを呼んでくるよ。それならいいでしょう？　室内場の鍵を借りて、フローラを連れていくから、シアとマリクスは先にユナと訓練場に行っていて」

ティリアはそう言うと、わたしの返答を聞かずに走りだす。

残されたわたしは、マリクスとシアと一緒に訓練場に行くはめになった。

460 クマさん、騎士と再会する

「それにしても、ユナさん。本当に気軽に王都に来ているんですね」

「まあ、くまゆるとくまきゅうがいるから、簡単に来ることができるからね」

はい、いつもの嘘《うそ》です。

何度も嘘を吐《つ》いているから、流れるように言葉が出てくる。

まあ、わたし自身が嘘のような存在だからしかたない。

「わたしにもくまゆるちゃんとくまきゅうちゃんがいれば、簡単にクリモニアと行き来できるのに。そうしたら、海に行くこともできるし」

「そこはぬいぐるみで我慢してね」

「我慢もなにも、乗れないじゃないですか」

シアは笑う。

「でも、海は楽しかったです。また、行きたいです」

「また、行こうね」

「約束ですよ」

わたしとシアが楽しそうに話していると、マリクスが少し羨《うらや》ましそうにして、口を開く。

「俺も行きたかった」

「ふふ、楽しかったよ。ユナさんのクマのゴーレムに乗って、みんなで大移動。泊まったのは大きいクマさんのお家で、遊び場所にはクマの滑り台。船に乗って魚も釣ったよ」

シアは海の旅行の思い出を楽しそうに話す。

さらにタールグイの島があり、ちょっとした事件もあったことを思い出す。

「俺も誘えよ」

「実家に帰るのに、マリクスを誘えるわけないでしょう。お父様に勘違いされるよ」

確かに、男の子を実家に連れて帰ったら、クリフに勘違いされるかもね。

「それなら、ティモルやカトレアも一緒だったら、いいだろう」

学園の友達ってことなら大丈夫なのかな？

そのあたりの貴族の基準はわたしには分からない。

「でも、あのときは、すぐに出発しなくちゃいけなかったから、みんなに連絡をしている時間がなかったんだよ」

シアはミリーラの町に行くことは知っていても、日程は知らなかったみたいだ。それなら、一日も早く行かないと、と思うのはしかたないことだ。

「次はみんなを誘えよ」

「忘れなかったらね」

わたしたちは海の旅行の話をしながら、室内訓練場の近くまでやってくる。

大きな建物だ。扉も立派で大きい。城の中にこんな大きな訓練場があるんだね。

「ティリアが来るまで、待ちだね」

走っていったけど、フローラ様を連れてくるなら、遅くなるかもしれない。

「でも、ティリア様のおかげで、場所を借りられてよかった」

「ここなら、マリクスがボロボロに負けるところを他の人に見られないもんね」

「ユナさんの戦うところを見て、俺のことを笑う奴がいたら、そいつの目を疑う」

「まあ、そうだけど。ユナさんの格好を見ても、それが言える？」

マリクスがわたしをジッと見る。

「うぅ、確かに見られたくないかも」

クマの着ぐるみを着た女の子と戦うところを、知らない人から見られるのは別の意味で恥ずかしいかもしれない。

「それに頑張らないと、ユナさんの実力は引き出せないよ」

「やってみるさ」

マリクスが何気なく扉に手をかけると、扉が開く。

「あれ、開いているぞ」

マリクスは扉を開けて中に入ろうとする。

「ちょっと、勝手に入っていいの⁉」

「もしかしたら、ティリア様が先回りして、開けたかもしれないだろう」

鍵の場所は分からないけど、ティリアが走って、フローラ様はアンジュさんに任せれば、先に来ている可能性はある。

マリクスを先頭に訓練場の中に入ると、一人の騎士が剣を振っている姿があった。もちろん、ティリアの姿はない。

「ティリア様いないよ。どうするの？」

シアが訓練場を見て、尋ねる。

訓練場には一人の男性が何度も剣を振っている姿がある。

どこかで見たことがあるような？

わたしの記憶の片隅におぼろ気に引っかかるが、思い出せない。

「ユナさん、どうかしたんですか？」

「いや、以前あの人を見た記憶があったけど、思い出せないだけだよ」

「あの騎士って、フィーゴ副隊長のことか」

「マリクス、知ってるの？」

「ああ、あの人は部隊の副隊長だからな」

マリクスのお父さんは騎士だし、マリクス本人も騎士を目指している。それなら部隊の副隊長の顔ぐらい知っていてもおかしくはない。

「……フィーゴ。ああ、あの人は」

シアがマリクスの言葉に何かを思い出したようだ。

でも、わたしは思い出せない。もうちょっとで、思い出せそうな気がするんだけど。どこで会ったかな？

「ユナさんがルトゥム卿《きょう》と試合をする前に、試合をした騎士ですよ」

ここまで説明してくれたので、思い出す。

「ああ、あのときの」

そうだ。あの喧嘩《けんか》を売ってきたおっさんの前に、騎士と試合をしたことを思い出す。

「そういえば、ユナさんはフィーゴさんとも試合をしたんだったよな」

マリクスも試合したことを知っていたようだ。

まあ、あのときの話を聞けば誰と試合をしたかは分かるだろう。

わたしたちが話していると、マリクスがフィーゴと呼ぶ男性がこちらを見る。

「君たちはなんだ!?」

「すみません。俺たちも、ここで練習をさせてもらおうと思って」

「君たちは学生だろう。ここは学生が使える場所じゃない」

「いえ、ティリア様の許可はもらっています」

「ティリア様の？」

「はい。少し、練習することになり、そうしたら、ティリア様からここの訓練場を使えばいいと許可をいただきました。今、本人が来ますので、確認してもらえれば分かります」

マリクスが緊張しながら、答える。

「そうか。俺も、今日は誰も使わないと思って、使わせてもらっていた。誰もいないと、静かだからな」

フィーゴは鞘《さや》に剣を収める。

わたしは隠れるようにマリクスとシアの後ろに移動する。

「そっちのクマの格好をした女の子は……」

隠れたけど、見つかってしまった。

まあ、横幅があるから、隠れるのは難しい。

わたしが太っているという意味ではない。クマの着ぐるみだからね。

「たまにお城に現れる女の子か？」

「知っているんですか？」

「噂《うわさ》程度にはな」

フィーゴの言葉にシアは笑みを浮かべ、マリクスは興味深そうにする。

どんな噂か気になるところだけど、話しかけて、試合をしたのがわたしだと気づかれたくないので口は開かない。それに自分の噂を聞くと、経験上ダメージを受けるのはわかっている。

フィーゴはわたしを見てから、シアのほうを見る。

「ここでお会いできたシア嬢に、お尋ねしたいのですが、よろしいでしょうか？」

「わたしですか？」

まさか声をかけられるとは思っていなかったシアは、小さい声で「わたしのこと覚えていた」と呟《つぶや》く。

「学園祭のときに自分と試合をしたユーナという女の子はどなたなのでしょうか？　学園の知り合いに尋ねたのですが、誰もわたしと試合をした女の子のことは知らないと言われました。国王陛下やエレローラ様にお尋ねすることもできなかったので」

「えっと」

シアが目を泳がせながら、チラッとわたしのことを見るが、わたしは小さく首を横に振る。

どうやら、試合をした本人が目の前にいることに、気づいていないみたいだ。

一瞬、ユーナって誰？　と思ったが、偽名を使っていたことを思い出す。

「その、どうして、お尋ねされるのかお聞きしても？」

「もう一度、手合わせをさせていただこうと思ったんです。彼女は本当に強かったですから。まあ、負けた悔しさが大きいですが。今度はちゃんと試合をしてみたいと思ったんです」

シアが返答に困り、一瞬だけわたしのことを見る。

わたしは再び小さく首を横に振る。

「ごめんなさい。彼女はクリモニアに住んでいる友達なんです。あのときは、学園祭に来ていただけなんです」

「それでは学園の生徒ではなかったのですね。それは残念です」

本当に残念そうにする。そんなにわたしと試合がしたかったの？

だからといって、自分ですと名乗り出るつもりはない。

少しだけ罪悪感に襲われていると、扉が開く。

「本当に扉が開いている」

「くまさんいるの？」

訓練場に入ってきたのはティリアとフローラ様の2人だった。

フローラ様はわたしを見つけると、駆けだしてくる。

わたしはお腹でフローラ様を受け止める。

「ティリア様、申し訳ありません。わたしが訓練場をお借りしていました」

「あなたはフィーゴ？」

別に悪いことをしていたわけじゃないのに、フィーゴはティリアに謝罪をする。

「もしかして、練習の邪魔をしちゃった？」

「いえ、練習は、そろそろ切り上げようと思っていましたから、大丈夫です」

「本当？　気を使わせていない？　別に練習を続けていても」

「いえ、自分はこれから、仕事がありますので」

フィーゴは扉の鍵をティリアに渡し、頭を下げると訓練場から出ていく。

「シア、黙っててくれてありがとうね」

わたしのことを話さないでくれたシアにお礼を言う。あのまま、わたしのことを話していたら、面倒くさいことになっていた。

「ユナさん、いつも、目立ちたくないって言っているから」

「そんな目立つクマの格好をしているのにな」

「でも、練習の邪魔をしちゃったかな？」

「う～ん、違うんじゃないかしら。フィーゴは堅物だからね。お父様の話を聞いたんだけど、ルトゥムの代わりにフィーゴが隊長になるはずだったんだけど。自分は弱いと言って、断ったらしいの。ユナに負けたことで、それなりに考えることがあったみたい。ルトゥムの指示があったとしても、ユナと試合したことも悔やんでいるみたいだったし。まあ、部隊長の命令だったら、下は従うしかないんだけどね」

「そうなのか？　嫌なら断ればいいだろう」

マリクスが子供らしい意見を言う。

「それだと、部隊として成り立たなくなる。マリクス、騎士になれば部隊長の命令は絶対よ。キツい言い方だけど、指示に従えない者は騎士にはなれないわよ」

ティリアが少し真面目に答える。

「それが、間違ったことでもですか？」

「そうよ」

「…………」

ティリアの言っていることは軍隊の中では正しい。

でも、マリクスの気持ちも分からないこともない。

それに、ティリアが言ったことは軍隊だけでなく、どの社会でも言えることだ。

平社員は課長、部長、社長という上の人の命令を聞かないといけない。教師は学年主任、校長には逆らえない。もちろん、逆らうことはできるが、組織から弾かれる。

さらに言えば、その一人が歯車から外れたことでその組織が大きな損害を受けることだってある。

とある騎士が、持ち場を守るように言われたけど、他の場所が危険だからといって無断で駆けつけてしまい、持ち場に大きな被害が出て、より多くの死者を出すかもしれない。

そう考えると社会人にはなりたくないね。まあ、元の世界にいても、社会人になるつもりはなかったけど。

お金は十分に稼いでいたし、一人でも生きていけた。

でも、今考えると、そんな人生を送るより、この異世界に飛ばされたことには感謝しないといけない。

なんだかんだで、この世界を満喫している。

「マリクス。もし、それが嫌なら、自分が部隊長になることね。もっとも、部隊長になってもその上の国王の命令は絶対だけどね」

さすがに国王に逆らったら、終わりだ。

「でも、お父様やお兄様が変な命令を出すとは思わないから、安心してもいいわよ。もっとも、フィーゴの場合はルトゥムが貴族ってこともあって、余計に逆らうことはできなかったんでしょうね」

元はルトゥムが悪いはずだけど、少しだけ罪悪感が出てくるね。

でも、あの試合はシアの未来のために、負けるわけにはいかなかった。それがフィーゴの人生を狂わせたとしてもだ。でも、上司がバカでなくなったのなら、救ったともいえるかもしれない。

461 クマさん、マリクスと試合をする

「それじゃ、ユナさん。お願いしてもいいか?」

「いいけど、そのままの格好で試合するの?」

マリクスの格好は普通の私服だ。このまま試合をするのは危ない。

強く攻撃をするつもりはないけど、マリクスの予想外の動きによっては、強く当たってしまうかもしれない。だから、練習とはいえ、防具はあったほうがいい。

「防具なら、兵士の訓練に参加させてもらう予定だったから持ってきている。ちょっと着替えてくる」

マリクスは着替えに移動する。

「シアは?」

「今日は持っていないから、このままでいいかな? ユナさんと初めて試合したときも、防具はなかったし」

確かに、あのときは、いきなりシアと試合をすることになったから、防具はなかった。でも、防具があるのとないのとでは危険度は違う。

シアが防具なしで申し出ると、ティリアがやってくる。

「シア、大丈夫よ。シアは防具は持っていないと思ったから、わたしのを持ってきてあげたか

ら」

ティリアはアイテム袋から、女の子用の防具を出す。

「ティリア様、いいのですか？」

「その代わり、ユナとの試合、楽しませてもらうからね」

「……お借りします」

シアは少し考えてから、防具を受け取り、着替えに向かう。

「くまさん、なにをするの？」

わたしたちが話していると、わたしのクマの服を摑《つか》んでいるフローラ様が尋ねてくる。わたしはフローラ様の頭の上にクマさんパペットをポンと置いて説明する。

「ちょっとした試合かな？　すぐに終わるから、フローラ様はくまゆるとくまきゅうと待っていてくださいね」

わたしは通常サイズのくまゆるとくまきゅうを召喚する。

「くまゆる！　くまきゅう！」

フローラ様は嬉しそうに駆け寄ろうとしたが、それよりも先にティリアがくまゆるに抱きつく。

「おねえしゃま、ずるい」

少し、遅れてフローラ様がくまきゅうに抱きつく。

「ここで大人しくして、待っていてくださいね」

わたしはフローラ様の体を持ち上げると、くまきゅうの背中に乗せる。

ティリアは自分でくまゆるの背中に乗っている。

「ユナ、走ってもいい？」

「いいけど、無理はさせないでね」

「走るだけだよ。くまゆる。ご主人様の許可が出たから、走って」

「くぅ～ん」

くまゆるはわたしに確認するように見る。

「少しだけ、走ってあげて。でも、速度は控えめにね」

「くぅ～ん」

くまゆるは室内の訓練場を走りだす。

「うぅ、おねえしゃま、ずるい。くまきゅう、わたしも」

フローラ様はくまきゅうの上で、体を前後に揺らす。

くまきゅうも困った表情をして、わたしを見る。

似た者姉妹だ。

「くまきゅう、ゆっくり走ってあげて」

「くぅ～ん」

わたしが許可を出すと、くまきゅうはフローラ様を乗せてゆっくりと走りだす。

「はやい、はやい」

フローラ様はくまきゅうの上で楽しそうにしている。

フローラ様の後ろから、訓練場を一周してきたくまゆるに乗るティリアがやってくると、くまゆるとくまきゅうは、並走するように走る。

「くまゆる。もっと速く」

「くまきゅうも、はやく」

「くまゆる、くまきゅう、速度を上げたらダメだからね」

2人は速度を上げようとするが、わたしは速度を上げないようにくまゆるとくまきゅうに指示を出す。

くまゆるとくまきゅうはわたしの指示に従って、速度は上げない。

「ユナ～」

「どうして～」

2人が仲良く文句を言う。

さすが姉妹だ。似ている。フローラ様も成長したら、ティリアみたいになるのかな？

「ティリアもフローラ様も、あまりわがままを言ったら、降りてもらいますよ」

怪我をすることはないと思うけど、フローラ様がスピード狂になっても困る。

「うぅ、それは」

「ごめんなしゃい」

2人はわたしの言葉に従う。それから、2人は適度な速度で訓練場を走り回る。

くまゆるとくまきゅうに乗るティリアとフローラ様を見ていると、マリクスとシアが試合の準備を整えて、やってくる。

「ユナさん、武器はどうします？　剣でいいですか？」

「マリクスとシアは？」

「俺たちは普通の練習用の剣を」

刃がないと思われる剣を持っている。

「一応、ユナさんの剣も持ってきたけど」

わたしはシアが持つ剣を受け取る。

せっかくの試合なので、２人の希望に沿うことにする。

「それじゃ、マリクスとシアの好きな武器で試合をしてあげるよ」

「……？」

「それって、どういう意味ですか？」

「剣がいいなら、剣。ナイフがいいなら、ナイフ。槍がいいなら槍。武器なしなら、武器なしで試合するよ」

「ユナさん、そんなに武器が使えるのか？」

「なんでもじゃないよ。使える武器だけだよ」

実際、メイスなどのハンマー系は使ったことがない。今のわたしが使ったら、相手を叩《たた》き潰《つぶ》してしまいそうだけど。

「でも、武器なしって、いくらなんでもバカにしていませんか？」

「当たらなければ大丈夫だし、薙《な》ぎ払うだけなら、手袋で十分だからね」

わたしはクマさんパペットをパクパクさせる。

まあ、そんな芸当ができるのもクマ装備のおかげなんだけどね。

「さすがに武器なしは断りたいので、剣でお願いします」

マリクスが剣を望むので、こちらも剣で相手をすることになった。

わたしは練習用の剣を握り、マリクスと距離を取る。

シアも離れ、ティリアもフローラ様も動きを止め、わたしたちを見ている。試合が始まろうとしたとき、訓練場にはいないはずの人間の声がする。

「なんだ。これから試合をするのか？」

「あら、マリクスとユナちゃんが試合をするのね」

声がしたほうを見ると、国王とエレローラさんがこちらに歩いてくる姿があった。その姿を見たマリクスとシアは、驚きの表情をする。

「お父様」

「おとうしゃま」

くまゆるに乗ったティリアとくまきゅうに乗ったフローラ様が国王陛下のところに向かう。

くまゆるとくまきゅうのことを知らない人が見れば。クマが国王に襲いかかろうとしているシーンに見えるかもしれない。

まあ、実際はそんなことにならずに、くまゆるとくまきゅうは国王の前で止まる。

「どうして、お父様とエレローラがここに？」

この場にいる全員が思っていることをティリアが尋ねてくれる。

まあ、わたしはある程度、想像がつくけど。門兵が走っていった姿が思い出される。でも、王妃様の姿は見えない。

「ユナが来たと連絡をもらってフローラの部屋に行ったが、フローラもユナもいない。部屋に残っていたアンジュに聞けば、ティリアと一緒に訓練場に行ったと言うからな」

「わたしも同じよ」

何度も思うけど、仕事はいいのかな？

まあ、王子様や部下たちが頑張るから大丈夫かな？

「どうして、国王陛下がユナさんに会いに来るんだ？」

「知らないわよ」

マリクスとシアは小さな声で話すが、わたしの近くで話すので聞こえてくる。

「それで、これから試合をするのか」

「うん、この2人とね」

国王とエレローラさんがマリクスとシアを見る。

「マリクスです」

「シアです」

2人は緊張しながら、名前を名乗る。

「シアはエレローラの娘だったな」

「わたしに似て、可愛《かわい》いでしょう」

「……」

国王はエレローラさんの言葉をスルーする。シアを可愛いと認めると間接的にエレローラさんを可愛いと言うことになる。でも、シアのことを可愛くないとは嘘でも言えない。そんな表情をしている。だから、黙っているみたいだ。

でも、国王は前回のこともあるから、シアのことは知っているようだけど、マリクスのことは知らないみたいだ。マリクスの父親って騎士団で隊長をしているんだよね。

「それじゃ、わたしたちは試合を見学させてもらうから、2人とも頑張ってね」

エレローラさんはそう言うと、国王と一緒に壁際に移動する。ティリアとフローラ様を乗せたくまゆるとくまきゅうも、壁際に移動する。

「もしかして、俺たち国王陛下の前で試合をするのか？」

「そうみたい」

マリクスとシアが困った表情を浮かべる。

その気持ちは分かるよ。

会社で言えば、新入社員の仕事を社長が見に来たようなものだ。

国王に見ないでほしいとは言えず、マリクスとの試合が始まる。

「それじゃ、どっからでもいいよ」

わたしがそう言うと、マリクスは剣を握り締め、踏み込んでくる。わたしはマリクスの剣を受け流す。マリクスはバランスを崩すが、すぐに体勢を整え、切り返してくる。だけど、わたしは薙ぎ払う。悔しそうに何度も剣を振ってくるが、わたしには当たらない。

「くそ」

これはマリクスの訓練なので、わたしからはあまり攻撃を仕掛けないようにする。

たまに大きな隙があると、剣を振って、隙があることを教えてあげる。

しばらく、マリクスの相手をしていると、徐々にマリクスは息を切らせ始める。

剣を何度も振るい続ければ疲労してくる。さらに剣と剣がぶつかり合えば、それだけで握力がなくなってくる。

木の棒を持って、堅いものを思いっきり叩いているようなものだ。それだけで、腕が疲労するし、握力はなくなる。

わたしはクマさんパペットのおかげで、痺《しび》れたりはしないし、握力もなくなったりはしない。

もっともクマさんパペットがなければ、1回打ち合っただけで、剣が弾き飛ばされるのは間違いない。

わたしに技術があっても、クマ装備がなければ、それを生かすことはできない。

「くそ、ユナさん。強すぎる」

マリクスは膝を落とす。

「少年、それで終わりか？」

国王がマリクスに話しかける。

「いえ。まだ、できます」

マリクスは息を切らせているのに、国王にそう言われたら、できないとは言えず立ち上がる。

それから、マリクスが倒れるまで、ナイフだけで戦ったり、半径1mから動かないハンデをつけたりして試合を続けた。さすがに武器なしで相手をしようとしたら、断られた。

そんなマリクスにも限界が来て、床に倒れ、一つ目の死体が転がった。

マリクスの相手が終わったので、次にシアの番になる。

「ユナさんは疲れていないんですか？」

シアは仰向けに倒れているマリクスの姿を見て尋ねる。マリクスは「ハァ、ハァ」と息を切らしている。それに引き換え、わたしは息を切らせていない。

「わたしなら、大丈夫だよ。すぐに試合できるよ」

「そんな、動きにくそうな格好をしているのに」

まあ、その動きにくいクマの格好のおかげで、マリクスやシアの相手ができる。

「それで、シアはどんな試合にする？」

「マリクスと同じでお願いします」

シアは剣を構える。

流石《さすが》に室内訓練場なので、魔法を使うことはできない。多少は使うことができても、壁に当たって壊しでもしたら大変なので、魔法は禁止だ。

「シア、頑張って」

エレローラさんが手を振って応援する。

「うぅ、やりにくい」

この世界にあるかわからないけど、シアにとっては授業参観ってところかな。

「シア、格好いいところを見せてね」

ティリアもシアを応援する。

みんなシアの応援をするのかと思ったら、フローラ様が「くまさん、がんばって」と応援してくれる。

少し、やる気が出てきた。

シアとわたしの練習試合が始まる。

マリクスほどの力強さはないけど、的確な攻撃を仕掛けてくる。わたしを倒すことができるとしたら、力でなく、的確な攻撃と速度かもしれない。

わたしはシアの攻撃を捌《さば》き、そのまま剣を弾く。好きなだけ攻撃させ、隙があると、隙があるよって教えるため、軽く剣を突き出す。そのたびにシアは驚いた表情や悔しそうな表情をする。

そして、数分後、訓練場に２つ目の死体が転がった。

「死んでいないです」

倒れているシアがわたしの心を読んで返事をする。

心を読まれた。

「声に出ていましたよ」

シアが呆《あき》れるように答える。

どうやら、思わず声にしていたみたいだ。

462 くまさん、試合を終える

「うぅ、疲れました」

シアは床に倒れながら、息を切らしている。

もう、下はスカートなんだから、危ないよ。近くにマリクスだっているんだから。

わたしは起きるように言って、コップに水を入れて渡してあげる。シアはお礼を言って、コクコクと飲む。

「ユナさんはわたしとマリクスと試合したのに、どうして、そんなに元気なんですか？」

「これでも冒険者だから、鍛えているからね」

はい、嘘《うそ》です。

中身は鍛えていない貧弱ボディです。太ってはいないけど、筋肉でなく脂肪です。二の腕とかぷよぷよです。クマ装備を脱げば、マリクスやシアみたいに動くことはできない。

「これでも、鍛えているんだけどな」

「わたしだって、鍛えているつもりだったよ」

マリクスのぼやきにシアも賛同する。

でも、ゲーム時代にはレベル上げとかして鍛えていた。だから、全てが嘘ではないはず？

「ユナさんが強いことは分かっていたけど。こんなに差があるとはな」

「剣だけで、この実力で。さらに魔法まで使えるんだよね」

「魔法ありの試合なんて、考えただけでも怖いぞ」

「わたし、前に魔法ありの試合をしたんだよね。今思うと、無謀なことをしたと思うよ」

でも、あれは妹のノアを思ってのことだ。初めは気分が悪かったけど。妹の護衛にわたしをつけたクリフに対して、怒っていたのかもしれない。


試合を終えたわたしは簡単に2人に感想を伝える。

あくまでわたしの主観だけど、2人の良いところと悪いところを指摘する。

「マリクスは力はあるけど、攻撃のしかたがワンパターンだね。同じ動きが多いよ。あと、攻撃ばかり考えているから、隙が多い。それにナイフで相手をしたときだけど、ナイフだからって、弾き飛ばせると思ったでしょう。ナイフでも角度さえちゃんとすれば剣ぐらい受け流すことはできるよ」

「そんなことは普通はできない」

まあ、普通に考えて、お互いの実力差がなければ、剣とナイフが正面から戦えば、剣のほうが強い。

「でも、攻撃を避けることができれば、ナイフでも相手を倒すことはできるよ」

剣より、ナイフのほうが切り返しが速い。このあたりは武器の扱いより、体の動かし方なんだろうね。

「シアはマリクスより動きはいいけど、剣が重いんじゃないかな。剣に振り回されていたよ。もう少し軽いのを選ぶといいよ」

「はい、少し重かったです。もう少し軽いのを選べばよかったです。でも、ユナさんも同じ剣ですよ」

まあ、わたしはクマさんパペットのおかげで、重い剣でも木の剣のように扱える。もっともクマさんパペットがなければ振るうこともできないけど。

「やっぱり、ユナちゃんは強いわね」

「だが、マリクスもシアも、学生ならそれなりの実力だろう」

おお、国王が2人を褒めている。

でも、2人はあまり嬉しそうにしていない。

「2人とも、国王様が褒めているよ」

「褒めていると言われても、ユナさんに手も足も出なかったからな」

「手加減されて、この有り様だからね。息切れさせることもできなかったし」

2人はそんな理由で国王に褒められても、素直に喜べないようだ。わたしもチート装備のおかげで強いので、喜ぶことはできない。

「まあ、あのルトゥムが負けるぐらいだからね。2人とも頑張ったと思うよ」

「くまさん、つよい」

くまゆるの上に乗るティリアが2人を慰め、くまきゅうの上に乗っているフローラ様がわたしを褒めてくれる。

マリクスとシアは、ティリアの言葉に納得する。

「くそ、暑い」

マリクスは防具を脱ぎ始める。

「わたしも、汗が酷《ひど》いことになっているよ」

まだ、暑い季節だ。そんな中、思いっきり動けば汗も出る。

「ユナさんは、そんな暑そうな格好をしているけど、大丈夫なんですか」

「前に言ったかもしれないけど、温度管理をしてくれる服だから、暑くないよ」

夏は涼しく、冬は暖かい、服としては最高の素材で作られている。難点はクマの着ぐるみってことだけだ。これがカッコいい装備だったらといつも思う。

わたしがゲーム時代に手に入れた、レア素材で作ったカッコいい防具とかたくさんあったのに。それが今はクマさん装備である。わたしはクマさんパペットをパクパクさせる。

「それじゃ、フローラ様のために作った冷たい食べものを持ってきたから、シアたちも食べる？」

「冷たいものですか？」

「あら、ユナちゃん。もちろん、わたしの分もあるのよね？」

食べ物を話をするとエレローラさんが反応する。

「俺の分もあるんだろうな」

さらに国王まで反応して。

「ユナ、わたしの分もあるのよね」

ティリアまで伝染する。

まあ、想定の範囲内だ。こうなることは分かっていたので、国王やエレローラさんの分を含め、たくさん作ってきた。

「多めに作ってきたから、大丈夫だよ」

「よかった。いつも、お父様、お母様、フローラの3人だけでズルかったから」

それはしかたない。そもそも学園祭のときまで、ティリアの存在を知らなかった。国王の年齢を考えれば、ティリアぐらいの子供がいるだろうと思っていたけど、調べようともしなかった。だから、王子がいることも会うまで知らなかった。

もっとも、存在を知っていたとしても、会ったこともない人の分まで食べ物は用意しなかったと思う。

「それじゃ、ありがたくいただくとしよう。そうだな、場所は庭園でいいだろう。2人も汗を拭《ふ》いてから来るように」

国王陛下は座り込んでいるシアとマリクスに向かって言う。

「それじゃ、先に行って準備をしておくわね」

国王とエレローラさんは言うだけ言うと、訓練場を出ていく。

国王陛下の言葉にシアとマリクスの2人は口をパクパクさせて、顔を見合わせると、急いで動きだす。

マリクスとシアは汗を拭き、防具や武器を片付ける。その動きは速かった。

その間、わたしはくまゆるとくまきゅうを送還するため、ティリアとフローラ様を説得することになった。

2人はくまゆるとくまきゅうに乗ったまま庭園に行こうとしたのだ。

「このまま出ると、他の人が驚きますからね。ここからは歩いていきましょうね」

フローラ様はくまきゅうにしがみついて、離れようとしない。そのためにぬいぐるみをプレゼントしたけど、偽物は本物には勝てないみたいだ。

「うぅ」

「もし、くまきゅうが危険視されて、兵士たちに攻撃されたら大変でしょう」

まあ、実際にくまきゅうやくまゆるの上にフローラ様やティリアが乗っていたら、攻撃なんてしないと思うけど、助けようとして、攻撃を仕掛けるバカがいるかもしれない。

「くまきゅうが剣で刺されたら嫌でしょう」

「……うん」

よし、フローラ様の説得が成功したと思った瞬間、ティリアが余計なことを言いだす。

「それじゃ、小さくしたらどう？　それなら大丈夫だと思うよ」

それだと、先延ばししただけで、問題が解決していないと思うんだけど。

「ちいさいくまさん？　うん！　ちいさいくまさんでいいよ」

ああ、フローラ様も小さいクマを希望し始めた。こうなったら、送還することは無理そうだ。

まあ、滅多に王都に来ないから、今日はもう少しくまきゅうと一緒にいさせてあげることにする。

「それじゃ、フローラ様。約束してくれますか？　帰るときは、ちゃんと離れてくれるって」

「うん、やくそくする」

わたしはフローラ様と約束すると、くまきゅうを小さくする。フローラ様は小さくなったくまきゅうに抱きつく。

そして、必然的にティリアが抱いている、くまゆるも子熊化することになった。

「大きいクマも可愛いけど、小さいクマも可愛いわね」

くまゆるとくまきゅうを子熊化すると、マリクスとシアが戻ってくる。

子熊になったくまゆるとくまきゅうを見ると２人は驚くこともなく、頭を撫《な》でる。

「くまゆるちゃん、くまきゅうちゃん、海以来だね」

「あのときはありがとうな」

シアはミリーラに行ったときだけど、マリクスはくまゆるとくまきゅうに会うのは護衛のとき以来かもしれない。


片付けを終えたわたしたちは庭園に向かう。

くまゆるはティリアに抱かれ、くまきゅうはフローラ様の横を一緒に歩いている。

そんな中、マリクスとシアの話し声が聞こえてくる。

「これから、俺たちは国王陛下と一緒に食事をするんだよな？」

「そうみたい」

「国王陛下と食事……」

「緊張するね」

「ああ」

マリクスがお腹を押さえる。

どうやら、国王陛下と一緒に食事をすることは緊張するらしい。なにか、懐かしいね。

「ユナさん、なに笑っているんですか？」

昔のことを思い出していたら、笑いが出ていたらしい。

「2人を見ていたら、フィナが国王陛下と一緒に食事をしたときのことを思い出してね」

「確か、フィナちゃんって、お母様にお城に連れていかれて、国王陛下と食事をしたことがあるんだっけ？」

「フィナって、ユナさんと一緒にいた小さな女の子だろう。貴族なのか？」

「違うよ。普通の女の子だよ」

「エレローラ様、鬼畜なことをするな。普通の子を国王陛下の前に連れていくか？　俺だったら、死ぬほど緊張するぞ」

「わたしだってそうだよ」

「シアでも緊張するんだ？」

「当たり前だよ。国王陛下だよ。国で一番偉い人だよ。平然と会話をしているユナさんがおかしいんだよ」

わたしも初めてのときは緊張したけど、なんとなく慣れてしまった。

「でも、ティリア様とは学園で一緒にいることも多いし、親しみやすいから」

「シア、それって褒めているの？」

前を歩く、ティリアが後ろを振り返る。

どうやら、話を聞いていたらしい。

「もちろん、褒めていますよ」

まあ、わたしと初めて会ったときから、呼び捨てで呼ぶように言ってきた。そういうところが親しみやすいのかもしれない。

463 クマさん、フルーツパフェを出す

庭園にやってくる。

相変わらず庭園には色とりどりの花が咲いている。タールグイや蜂の木の周りに咲いていた花も綺麗《きれい》だったけど、城にある花も綺麗だ。そんな花を見る余裕もないのか、マリクスとシアは緊張するように歩いている。

花を眺めながら歩いていると、国王、エレローラさんに加えて王妃様の姿があった。王妃様を見つけたフローラ様は嬉しそうに駆け寄っていく。その後ろを子熊化したくまきゅうが追いかけていく。王妃様はやってきたフローラ様の頭を撫《な》でる。

「マリクス、王妃様もいるわよ」

「王族が4人……」

「こんななかで食事をするんだね」

マリクスは再度お腹をさする。

確かに普通に考えたら、王族が4人もいるわけだから、とんでもない状況かもしれない。あと一人いればコンプリートだ。

「ユナさん、お待ちしていました」

フローラ様のお世話役のアンジュさんが挨拶《あいさつ》をする。

「アンジュさん、こんにちは」

「お久しぶりです。それでは皆様、こちらの席にお座りください」

アンジュさんはわたしたちを席に案内してくれる。

大きな円形のテーブルに国王陛下、王妃様、フローラ様と座り、国王陛下の向こう側にはティリアが座る。

フローラ様の隣にわたしが座り、エレローラさん、シア、マリクスと座る。

マリクスの隣がティリアになる。

フローラ様が椅子に座ったとき、王妃様がくまきゅうに気づくと、くまきゅうは後ずさりする。

王妃様は微笑んで、くまきゅうに向かって手を差し出す。くまきゅうは動かないでいると、王妃様は席を立ち、そのまま抱きかかえる。

王妃様がくまきゅうを離さなかったときのことが脳裏に蘇《よみがえ》る。

「可愛い子ね」

「うん。くまさん、かわいいよ」

「そうね」

王妃様はくまきゅうの頭を撫でると離してくれる。

あれ？

前回同様に離さないかと思ったんだけど、予想と違った。くまきゅうも「くぅ〜ん」と首を傾《かし》げる。

ちなみにくまゆるはティリアの膝の上に座っている。

全員席に座ったので、わたしはクマボックスからクマの形をした冷凍庫を出す。

みんなの目が「またクマか」と言っているのを感じる。無視をして、冷凍庫のドアを開け、作ってきたものを取り出し、テーブルの上に置く。

みんなの目がテーブルの上に集まる。


透明なガラスの器にアイスクリーム、生クリーム、プリン。そして、シュリと一緒にタールグイの島で採ってきたいろいろな果物がのっている。

わたしが持ってきたのはフルーツパフェだ。器は元の世界にあったような縦長のガラスの器がなかったので、ボウル形になっている。

アイスクリームやプリンにクリーム、いろいろな果物をのせるなら、フルーツパフェだよね。

一つのフルーツパフェに皆の視線が集まり、食べたそうにしているので、皆の分を冷凍庫から出す。

「ユナさん、お手伝いします」

アンジュさんがやってきて、申し出てくれる。

わたしが冷凍庫から出して、アンジュさんが皆の前に運んでくれる。国王、王妃、ティリアと運び、フローラ様の前に置こうとする。

「アンジュさん、フローラ様の分は別にあるので、他の人にお願いします」

「わかりました」

フルーツパフェがフローラ様以外に配られる。

「綺麗ね」

エレローラはフルーツパフェを見ながら呟《つぶや》く。

「ユナ、これはこの前食べたアイスクリーム？」

ティリアもフルーツパフェを見ながら尋ねてくる。

「そうだよ。でも今回はいろいろとトッピングしてあるよ」

「ああ、前回、俺が食べに行けなかったときの、冷たい食べ物か」

「あれは美味《おい》しかったわね」

前回、アイスクリームを持ってきたとき、国王と王妃様は来なかった。それであとで文句を言われても困るので、アンジュさんに渡しておいた。どうやら、ちゃんと食べてくれたみたいだ。

「ゼレフが騒いでいたな」

「くまさん、わたしも！」

みんなと会話をして手が止まってしまい、フローラ様の前だけ置かれていない。

「今、持っていきますね」

わたしは冷凍庫から、最後に特別製のフルーツパフェを出し、フローラ様の前に置く。

「くまさんだ～」

フローラ様はフルーツパフェを見て、目を輝かせる。

そう、フローラ様の前に置かれたフルーツパフェはアイスクリームがクマの顔の形になっている。クッキーや果物を使って、装飾してある。

「あら、フローラ様の分だけ、特別製なのね」

エレローラさんが自分のフルーツパフェとフローラ様の前にあるフルーツパフェを見比べる。なにか、欲しそうにしている。

「全員分を作るのは面倒なので、フローラ様だけですよ」

さすがにクマのフルーツパフェは手間がかかるので、全員分は作らなかった。

それに国王がクマの形をしたフルーツパフェを食べるのは絵面的に問題がある。

だから、クマのフルーツパフェはフローラ様の分だけになる。

「おまえは、本当にフローラに甘いな」

それを言われると、なにも言えなくなる。

わたしが持っていない純真な心に弱いのかもしれない。わたしの心は汚れているからね。

最後にみんなのスプーンとフォークを用意する。フローラ様はフォークを持つとわたしを見る。

「たべていいの？」

「いいですよ」

わたしが許可を出すと、フローラ様は少し悩んで、持っているフォークを果物に刺して口に運ぶ。

「つめたくて、おいちぃ」

果物も冷えている。今度は果物でシャーベットを作ってもいいかも。

フローラ様はくまさんの顔のアイスや果物を口に美味しそうに運ぶ。

初めはクマの顔を食べるのを戸惑っていたけど、ひと口食べると、クマのアイスは消えていった。

どうやら、嫌いな果物はなかったみたいだ。

フローラ様は果物を食べながら、クリームがついたプリンを食べたりする。口にクリームがついているので、ハンカチで拭いてあげる。

「見たことがない果物もあるな」

そう言って、国王は輪切りになったバナナを口にする。

この辺りだと、バナナは手に入らないのかな?

「美味しいな」

「本当ね」

「おまえはどこから、こんな果物を手に入れてくるんだ?」

「う〜ん、いろいろなところから?」

タールグイのことは言えないので、誤魔化す。

「なぜ、疑問形なんだ？」

「乙女《おとめ》の秘密だからだよ」

「乙女って」

目の前にクマの格好した乙女がいるでしょう。目が悪いのかな？

国王は呆《あき》れているが、気にしないことにする。

「どの果物も美味しいし、味も一つじゃないから、どれから食べるか悩むわ」

ティリアはそう言いながらも、悩むこともなく口に運んでいく。

「色とりどりの果物がのっていて豪華に見えるから、パーティーには目立っていいかもね」

果物はバナナ、オレン、もも、いちご、さくらんぼ、ぶどうが飾られている。

確かにエレローラさんの言うとおり、パーティーにはいいかもしれない。

「ユナちゃん、飾りつけのセンスもあるわね」

「服のセンスはあれだがな」

エレローラさんが褒めてくれているのに、国王がわたしの格好を見る。

別にわたしは好き好んで着ているわけじゃないよ。センスがないのは、わたしにクマの着ぐるみを着させた神様だ。

「なにを言っているのよ。とっても可愛いでしょう」

エレローラさんが反論してくれる。

「可愛いと、着たいのは別だぞ。おまえさんは、着たいと思うのか？」

「う～ん、娘たちに着せたいわね」

そのエレローラさんの言葉にフローラ様と王妃様以外の全員がシアのほうを見る。

「お断りします」

シアはハッキリと母親の希望を断る。

「ええ～、マリクスもクマの格好をしたシアも可愛いと思うわよね？」

「えっと、その」

いきなり話を振られてマリクスは困り始める。

マリクスはエレローラさんとシアを見てから口を開く。

「本人が嫌がることは、しないほうがいいと思います」

悩んだ結果、似合うかどうかでなく、本人の意思を尊重するように言う。

逃げ方としては上手だ。

でも、クマの着ぐるみを着るのって、嫌がることなんだ。

まあ、わたしがシアの立場だったら、同じ気持ちなので、責めることはできない。

「母親のお願いを断るなんて、意地悪ね。それじゃ今度、ノアにお願いしてみようかしら」

ノアなら、喜んで着そうだ。「くまさんの憩いの店」の制服も喜んで着ていたし。

エレローラさんはそんなことを言いながら、フルーツパフェを食べる。

その顔は満面の笑みだ。

フルーツパフェはみんなに好評で、食べ終わったフローラ様とティリアはくまきゅうとくまゆると遊んでいる。それを微笑《ほほえ》ましそうに王妃様が見ている。

シアはエレローラさんに着ぐるみの格好をさせられそうになっているが、一生懸命に断っている。

国王陛下は騎士について語っている。それをマリクスが緊張しながら聞いている。

わたしは冷凍庫から残りのフルーツパフェを出すと、アンジュさんが城の冷凍庫に運んでいく。ゼレフさんとアンジュさん、それからアンジュさんの娘さんの分だ。

それから、国王とエレローラさんは仕事に戻っていく。

わたしも帰ることにするので、フローラ様とくまきゅうのお別れの時間になる。

「フローラ様、わたしも帰りますね。約束覚えていますか？」

わたしはくまきゅうを抱いているフローラ様に尋ねる。

フローラ様はくまきゅうをジッと見る。

「う、うん」

フローラ様は悲しそうにくまきゅうから離れる。くまきゅうも「くぅ～ん」と鳴いてから、わたしのところにやってくる。

あとはくまゆるだけど、くまゆるはティリアの腕の中にいる。でも、妹の姿を見たティリアも黙ってくまゆるから離れる。

どうやら姉として、わがままを言うことはしないみたいだ。

「くまきゅう、くまゆる。またね」

フローラ様は小さな手を振る。

「「くぅ〜ん」」

くまきゅうとくまゆるも鳴いて返事を返す。

わたしはくまゆるとくまきゅうを送還する。

フローラ様は悲しそうにするが、くまゆるのぬいぐるみを持ったアンジュさんが現れ、くまゆるぬいぐるみをフローラ様に渡す。

フローラ様はくまゆるぬいぐるみを抱きしめる。

どうやら、ぬいぐるみが役に立っているみたいだ。

そして、フローラ様は王妃様とアンジュさんと部屋に戻っていった。

王妃様とフローラ様が見えなくなると2つのため息が出る。

「緊張して、味が分からなかった」

「美味しかったけど、しっかり味わうことができなかったよ」

マリクスとシアが緊張を解く。

フルーツパフェを食べているとき、ほとんど口を開いていなかった。

「ふふ、わたしは美味しく食べさせてもらいました」

ティリアは一人だけ満足気な表情をしている。

仲が悪い親子じゃなければ、緊張もしないと思う。

「ユナさん。今日はありがとう。少し、勉強になった気がする」

「ユナさんに勝てる気はしないけどね」

わたしはシアとマリクスと一緒に城を後にする。

◇◇◇

王都から帰ってきたわたしは、果物の補充をするため一人でタールグイの島に来ている。

今度はノアや孤児院の子供たちにもフルーツパフェを作ってあげようと思ったからだ。

クマの地図を出すと、ゆっくりだけど島は動いている。今はどの辺りを移動しているのかな？　全体マップが表示されないから、ミリーラの町からどれほど移動しているか分からないし、方角も分からない。

わたしはクマさんフードを取る。

心地よい風が吹いている。

のんびりとタールグイの外周を歩きながら果物を採取していると。横を歩くくまゆるとくまきゅうが止まり、首を上げる。

「どうしたの？」

「「くぅ〜ん」」

くまゆるとくまきゅうの見ているほうを見ると、２人は海を見ている。

もしかして、魔物!?

わたしがくまゆるとくまきゅうが見ているほうに視線を向けると、かなり遠くに船が見えた。

その先には島？　大陸？　陸が見える。

もしかして、人がいる？

クマの地図をもう一度出して、タールグイの移動する方向を確認する。いきなり方向転換でもしない限り、このままの軌道だと、陸には近づかない。

う〜ん、どうする？

選択肢は、陸を目指す、このままスルーの２つがある。

後で行くっていう選択肢は存在しない。

ここで逃せば、二度と行くことはできない。わたしがタールグイにいるときに、陸を見つけられる確率は低い。まして、人がいる場所なんて。

だから、わたしの選ぶ答えは決まっている。

たとえ、タールグイの島に戻ってこられなくても、クマの転移門を設置すれば、帰ることはできる。新マップが実装されたのに行かないのはゲーマーじゃない。

「くまゆる、くまきゅう。行くよ」

「くぅ～ん」

わたしはくまゆるに乗り、陸を目指すように言う。

くまゆるとくまきゅうは波打つ海に飛び出し、海の上を走り、タールグイの周りに発生している渦潮を躱《かわ》し、陸に向かって走りだす。

新しい陸地、なにがあるか楽しみだ。

くまクマ熊ベアー17

書き下ろし

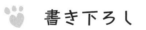

クマを仕入れる　レトベール編

わしはとあるものを仕入れるためにドワーフの街、ルドニークに来ている。

「そこのクマの置物を全部くれ」

棚に並んでいる木で彫られたクマの置物を指差す。

「クマ全部ですか？」

店員は不思議そうな顔をするが、わしは気にしないでクマの置物を全部買う。

「街に数日いるつもりだが、あと何個作れる？」

店員は少し考える。

「金なら前払いする」

「わかりました。すぐに職人と相談します」

わしの言葉に店員はすぐに行動する。

これが商人の商売だ。

金をちらつかせれば、商売する人間なら反応する。

他のものは置いていても、いつ売れるかは分からない。でも、前金なら、必ず買うという証明になる。

わしはクマの置物の追加を頼み、店を後にする。

次の店だ。

ここは鉄細工の店だな。

鉄で作られたいろいろなものが売られている。

動物や人、いろいろと並んでいる。

クマクマクマクマクマ。

動物が並んでいる棚からクマを探す。

「おお、あった」

3つほどあった。

店員に言って、購入する。

それと同時に追加注文も忘れない。

そんな感じで、店を渡り歩き、クマを購入していく。

店員に、どうして「クマだけを」と聞かれるので、王都で人気があるからじゃ、と言っておいた。

まあ、実際にあのクマの絵本を読んだ者たちに大人気なのは間違いない。

孫娘に頼まれて絵本を探したとき、クマ関係のものを欲しがっていると聞いた。

それで、店にあったものを見せたところ喜ばれた。

それから、王都にある支店にクマを置くと、あっという間に売れていくことが分かった。

その報告を受けたわしは、ドワーフに目をつけた。

わしはクマ関係のものを買い漁《あさ》る。

ある程度、クマ関係のものを購入したわしは、武器屋や防具屋を回る。

わしの店では武器や防具は販売していないが、知り合いの商人から頼まれたので、代わりに購入する。

もちろん、手数料はいただくことになっているので、利益も出る。それが商人だ。

そして、今日は商業ギルドに用があり、顔を出すと、目を引く格好をした人物がいた。

あれは、クマ？

あんな格好をしている人物は今までに一人しか見たことがない。2人としていないはずだ。

それに見覚えのある緑髪をした少女も隣にいる。

「クマの嬢ちゃんか？」

後ろから声をかけると、クマの格好をした人物が振り向く。

「レトベールさん？」

やっぱり、わしが知っているクマの嬢ちゃんだった。

それから、隣にいた緑の髪をした少女は、腕輪の件でわしが迷惑をかけたエルフの嬢ちゃんだった。

もう一人、女の子がいたが、知らない嬢ちゃんだ。

クマの嬢ちゃんが、どうしてわしがここにいるのか尋ねてくる。

それはわしのセリフじゃ。

わしは買い出しに来ていることを説明する。

「嬢ちゃんたちこそ、どうして、ここに？」

尋ねると、鍋やフライパンなどの調理道具を買いに来たという。

呆《あき》れてものも言えなくなる。

鍋やフライパンなんて、王都でも買えるじゃろう。

いくら良いものが欲しいからといって、ドワーフの街まで来るか？

王都からどのくらい離れていると思っているんじゃ。

じゃが、どうして、商業ギルドに来ておる？

商業ギルドでは鍋やフライパンは買えぬぞ。

話を聞くと、この街で家を購入しようとしていたが、受付嬢に家出娘と思われて、困っているとのこと。

鍋を買いに来るだけでも常識外れなのに、家まで。

わしが家の購入について尋ねると、嬢ちゃんは困った表情を浮かべる。

すると、エルフの嬢ちゃんがエルフが住むために買うのだと言いだした。

エルフの嬢ちゃんのためとか言っていたが、表情を見れば違うのはわかる。

商人の目を甘く見るでない。

でも、深くは尋ねないことにする。それが商人というものだ。

クマの嬢ちゃんを困らせるのは本意ではない。

あれから、クマの嬢ちゃんのことを軽く調べてみた。

調べたといっても、知り合いの商人や商業ギルドに聞いただけだ。

なんでも王都の商業ギルドを訪ねると、土地を購入して家を建てたらしい。

しかも聞いた話では、一括購入したとのこと。

さらには2人の貴族がバックにいたとのことだ。

今、考えれば、冒険者ギルドのギルドマスターとも親しくしていた。

さらに別ルートの情報だが、王城にも自由に出入りすることができるらしい。

絵本に王城の印が押されていることも理解できた。

わしの商人の勘が言っている。クマの嬢ちゃんと敵対してはならぬ。深く、踏み込んでもいかん。

その線引きを感じ取るのが一流の商人じゃ。

クマの嬢ちゃんが困っているなら、手助けをして仲良くしたほうがいい。

だから、わしは深く尋ねることもせずに家を購入する保証人になることにした。

あと、金の心配をしたが、大丈夫とのことだ。

王都で土地を購入できる資金があり、貴族とも繋《つな》がりがある嬢ちゃんだ。心配はいらぬようだ。

わしの役目はここまでじゃな。

「それじゃ悪いが、わしは仕事があるから、これで失礼するぞ」

「お礼が」

立ち去ろうとすると、クマの嬢ちゃんが止める。

「お礼なら、新しい絵本を描いたら、また孫娘のアルカに持ってきてくればいい」

それが、一番のお礼じゃ。

それにエルフの嬢ちゃんにも迷惑をかけた。

ここで礼を受け取るわけにはいかない。

わしは、早々に立ち去る。

さて、仕事はまだある。

頼んでいたクマの置物を引き取ったり、掘り出し物を探したり、知り合いに会ったり、やることはいろいろとある。

だが、アルカにいいお土産話ができた。

早く仕事を終わらせて、帰ったらアルカにクマの嬢ちゃんに会ったことを話してやるかのう。

くまゆる、くまきゅう、お話をする

ロージナさんからクマモナイトが精霊石だと教わり、精霊石はエルフが詳しいと教わり、ムムルートさんからは、精霊石が属性を強化する石だと教えてもらった。

つまり、クマモナイトは、クマ属性を強化する精霊石だってことが分かった。

どうやら、神様は精霊石にクマの加護を与えたらしい。

そんなわけが分からないことをしないで、初めからクマ装備に付与してくれればよかったのに。

とりあえず、クマモナイトは2つあり、クマ属性が強化されるということなので、くまゆるとくまきゅうにプレゼントした。2つあったから、そのために用意されていたんだと思う。

クマモナイトを装備したくまゆるとくまきゅうは強化され、さらに魔法が使えるようになった。

これは嬉しい贈り物だった。

くまゆるとくまきゅうが強化されれば、2人の安全度は高くなる。くまゆるとくまきゅうが身を守る手段が増えるのはいいことだ。もっとも、くまゆるとくまきゅうを戦わせるようなことはさせたくないけど。

クマモナイトの件も落ち着き、当初の目的を達成したわたしは、久しぶりに自分の家のベッドの上で、ぐっすりと寝ていた。

カーテンから光が漏れている。

朝なのは分かっている。

でも、たまには寝坊も許されるはずだ。

だけど、その寝坊を邪魔しようとする者がいる。

わたしの頬《ほお》に柔らかいものがペチペチと触れる。

くまゆるとくまきゅうが起こそうとしているみたいだ。

でも、今日は好きなだけ寝ると決めている。

わたしは、くまゆるとくまきゅうの手を払いのける。

すると、今度はグニュ～と柔らかいものを頬に押しつけてくる。

どうやら、寝かせてくれないみたいだ。

わたしは再度、くまゆるとくまきゅうの手を払いのけ、布団を被《かぶ》って、防御態勢に入る。

「ご主人様、起きて～」

「ご主人様、朝だよ～」

触れることができないと分かったくまゆるとくまきゅうは、声をかけてくる。

「もう少し寝かせて……」

うん？

返事をしてから、違和感を感じる。

脳が動きだす。

ご主人様？

くまゆるとくまきゅうがしゃべるわけがない。

睡魔が消えていく。

誰がいるのよ！

そもそも、ご主人様って？

脳が動きだし、完全に目が覚める。

わたしは布団から起き上がって確認する。

周りを見るが、誰もいない。この部屋にいるのは子熊化したくまゆるとくまきゅうだけだ。

くまゆるとくまきゅうはベッドの脇でわたしを見上げている。

「あれ、夢だったのかな？」

くまゆるとくまきゅうがしゃべるわけがない。

どうやら、現実と夢の間にいて、寝ぼけていたみたいだ。

目も覚めてしまい、二度寝は無理そうだ。

素直に起きることにする。

「くまゆる、くまきゅう、おはよう」

「ご主人様、おはよう」

「おはよう」

「うん、おは、よう？」

わたしは誰と会話をしているのかな？

くまゆるとくまきゅうのはずだけど。

再確認する。部屋には誰もいない。

「ご主人様、お腹が空いたよ～」

「ごはん～」

わたしは頬をつねる。

「痛い」

「ご主人様、どうしたの？」

「痛いの？」

くまゆるとくまきゅうが心配そうに尋ねてくる。

わたしはくまゆるを抱え、目の前に持ってくる。

「どうしたの？」

くまゆるが口を開くと声が聞こえた。

「どうしたのじゃないよ。どうして、しゃべっているのよ」

「それは、これのおかげだよ」

くまゆるとくまきゅうは首にあるリボンに触れる。

そこには先日手に入れたクマモナイトが入っている。

「クマモナイト？」

「うん、そうだよ」

「この石のおかげで、ご主人様と話すことができるようになったんだよ」

「あの石にそんな力が」

でも、くまゆるとくまきゅうがしゃべると違和感がある。

くまゆるとくまきゅうと話すことができるのは嬉しいけど、あの「くぅ～ん」が聞けなくなると思うと寂しくもある。

そんなわたしの気持ちに関係なく、くまゆるとくまきゅうは話を続ける。

「それから、こんなこともできるようになったよ」

「ご主人様、見てて」

くまゆるとくまきゅうがお互いに左右に距離を取る。

なんだろう？

くまゆるとくまきゅうは横歩きをしたと思うと、お互いの爪と爪を合わせる。

「フュージョン」

くまゆるとくまきゅうは光に包まれる。

そして、光が収まると、そこには黒と白の色をした一体の生物がいた。

「「パワーアップしたから、これから、ご主人様と一緒に戦えるよ」」

いや、どういうこと？

そもそも、いろいろとアウトだよ。

「「最強のクマだよ」」

「それはパンダだよ！」

わたしが叫び声を上げる。

「うん？」

あれ？

わたしは布団から起き上がっていた。

脳がはっきりとしてくる。

周りを見る。

わたしの寝ていた横には子熊化したくまゆるとくまきゅうが気持ち良さそうに寝ていた。わたしが起き上がったことで、ムクッと起き上がり、「「くぅ～ん」」と鳴く。

「夢？」

さっきのリアルで現実っぽかったけど。

わたしは確かめるために、くまゆるとくまきゅうに挨拶《あいさつ》をする。

「くまゆる、くまきゅう。おはよう」

「「くぅ～ん」」

くまゆるとくまきゅうはしゃべることもなく、普通に鳴き、擦《す》り寄ってくる。

「2人ともしゃべれる？」

わたしはくまゆるとくまきゅうの頭を撫《な》でながら尋ねる。

「「くぅ～ん」」

くまゆるとくまきゅうは鳴く。

どうやら、しゃべれないみたいだ。

「合体もできないよね？」

「「くぅ～ん」」

申し訳なさそうに首を横に振る。

「いいんだよ。合体なんてしないで」

やっぱり、夢だったみたいだ。

わたしはくまゆるとくまきゅうを抱きしめる。

パンダも可愛《かわい》かったけど、くまゆるとくまきゅうは今のままが一番可愛い。

夢でよかったと、心の底から思った。

あとがき

くまなのです。『くま　クマ　熊　ベアー』17巻を手に取っていただき、ありがとうございます。

2020年はTVアニメ『くまクマ熊ベアー』が放映された年となりました。

アニメ化のお話をいただいたときは、かなり先の話だと思っていましたが、あっという間に月日が流れ、アニメが放映され、終わってしまいました。

アニメの制作時期には、制作スタジオやアフレコ見学、たくさんのアニメ関係の資料などを見せていただき、多くの貴重な経験をさせてもらいました。二度と経験ができないことだと思い、時間が許す限り、お声がけいただいたときは参加させていただきました。

そんな、TVアニメ『くまクマ熊ベアー』全12話が終わりましたが、嬉しいことに2期制作が決定しました。

アニメが中盤を過ぎた頃でしょうか。担当さんから「2期の話がありますが、どうしますか？」と尋ねられました。

自分の答えは「はい、お願いします」でした。

2期を作っていただけることは、とてもありがたいことです。多くの人がクマのために頑張ってくれています。感謝の言葉もありません。

また、あの忙しい日々が戻ってくるとかと思うと、大変だなと思う反面、嬉しいなと思う気持ちがあります。原作者として、意見を出せるところは出させていただこうと思いますので、引き続き、TVアニメ、『くまクマ熊ベアー』をよろしくお願いします。


小説17巻のほうはドワーフ編の後半となります。

ユナが試しの門に挑戦します。表紙で驚いたかもしれませんが、ユナは自分のコピーと戦いました。担当さんに「表紙はどうしますかね」と話をいただいたとき、ダブルユナがいいなと思い、提案させていただきました。

そして、希望どおりに採用され、表紙はダブルユナとなりました。

その後ドワーフの街から戻ってきたユナは、シュリやノアとのんびりとクリモニアで過ごします。

そんなある日、タールグイに行くと、陸地を発見します。

ユナの新しい冒険が始まりますので、引き続き、小説のほうもよろしくお願いします。


最後に本を出すことに尽力をいただいた皆様にお礼を。

029先生には、いつも素敵なイラストを描いていただき、ありがとうございます。今回はアニメの仕事など、いろいろと作業が重なってしまい大変だったと思います。そんな中、イラストを描いていただき、ありがとうございました。

編集様にはいつもご迷惑をおかけします。そして『くま　クマ　熊　ベアー』17巻を出版するのに携わった多くの皆様、ありがとうございます。

ここまで本書を読んでいただいた読者様には感謝の気持ちを。

では、18巻でお会いできることを心待ちにしております。

二〇二一年四月吉日　くまなの

くまクマ熊ベアー
コミカライズも絶好調!
❶〜❺巻好評発売中!
第❻巻&
「くまクマ日和」
❶巻
5/7同時発売予定!

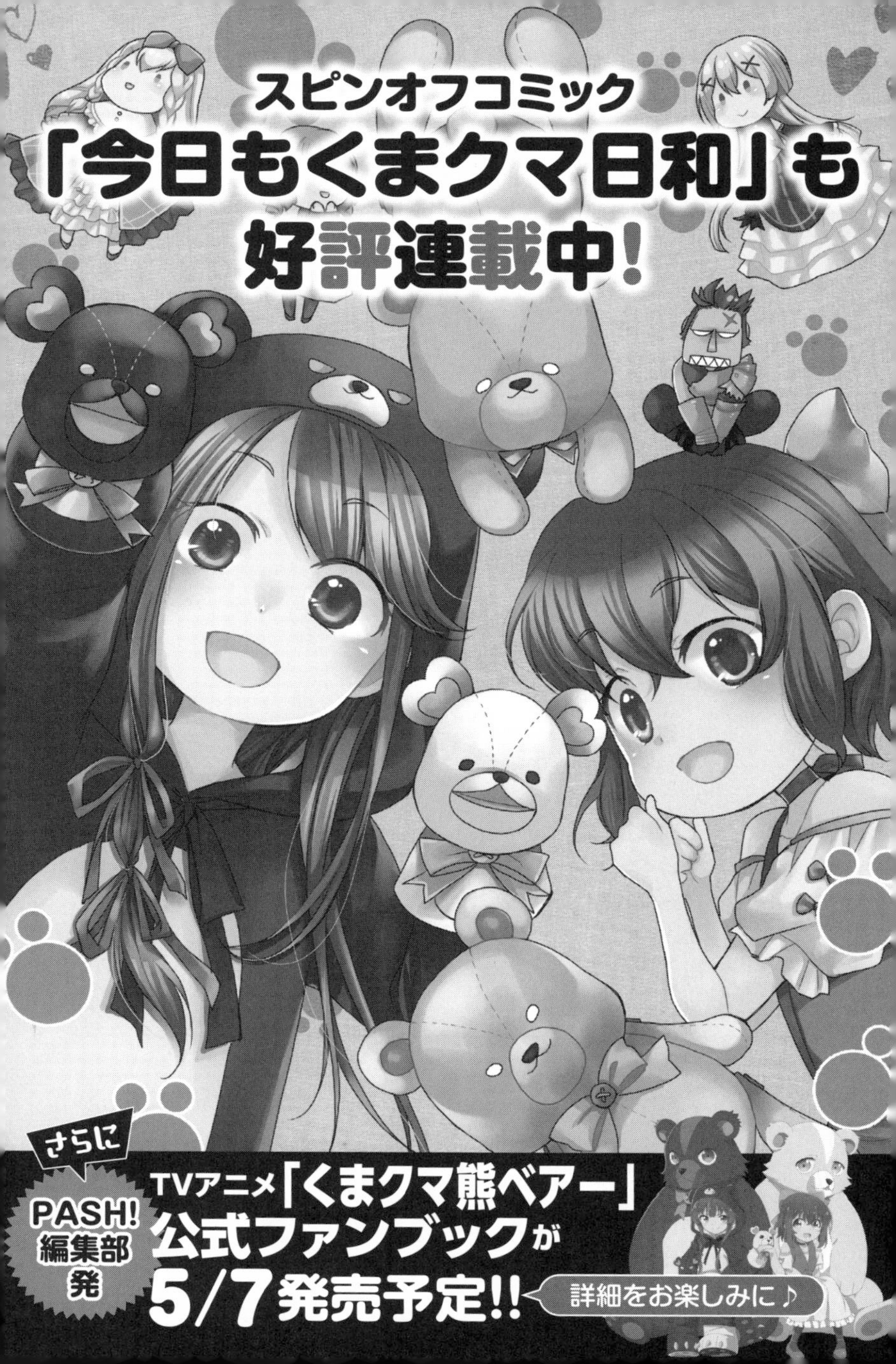
スピンオフコミック
「今日もくまクマ日和」も
好評連載中！
さらに
PASH!
編集部
発
TVアニメ「くまクマ熊ベアー」
公式ファンブックが
5/7発売予定!!
詳細をお楽しみに♪

この本を読んでのご意見・ご感想・ファンレターをお待ちしております。
＜宛先＞　〒104-8357　東京都中央区京橋3-5-7
（株）主婦と生活社　PASH! 編集部
「くまなの」係
※本書は「小説家になろう」（https://syosetu.com）に掲載されていたものを、改稿のうえ書籍化したものです。

PASH!ブックス

くま　クマ　熊　ベアー 17
2021年4月26日　1刷発行
2021年6月11日　2刷発行

著　者	くまなの
編集人	春名 衛
発行人	倉次辰男
発行所	株式会社主婦と生活社 〒104-8357　東京都中央区京橋3-5-7 03-3563-5315（編集） 03-3563-5121（販売） 03-3563-5125（生産） ホームページ　https://www.shufu.co.jp
製版所	株式会社二葉企画
印刷所	大日本印刷株式会社
製本所	株式会社あさひ信栄堂
イラスト	029
編集	山口純平
デザイン	growerDESIGN

　ISBN978-4-391-15436-8